SENDEROS DE SABIDURÍA

TODOS LOS CAMINOS CONDUCEN A TÍ

ELEAZAR PÉREZ NAVA

Ibukku es una editorial de autopublicación. El contenido de esta obra es responsabilidad del autor y no refleja necesariamente las opiniones de la casa editora. Todas las imágenes contenidas en este volumen fueron proporcionadas por el autor. Ibukku no se hace responsable sobre los derechos de las mismas.

SENDEROS DE SABIDURÍA
Publicado por Ibukku
www.ibukku.com
Diseño y maquetación: Índigo Estudio Gráfico
Copyright © 2018 ELEAZAR PÉREZ NAVA
Correctores: Sabrina Pérez Paloscia, Maribel Perozo Nava *y* Silver Nava
ISBN Paperback: 978-1-64086-274-6
ISBN eBook: 978-1-64086-275-3
Library of Congress Control Number: 2018964387

ÍNDICE

AGRADECIMIENTOS

A mi creador por darme la oportunidad de expresar lo que él me ha enseñado a lo largo de mi vida.

A mi madre que con su amor y perseverancia nos enseñó que podíamos ser cada vez mejores personas, y ahora desde otro plano nos seguirá guiando. Gracias Mamá.

A mi padre que siempre nos ha transmitido el positivismo del mundo. Gracias Papá por confiar en mí.

A mi bella familia, que es lo que más amo, Rosana, Diego y Sabrina; gracias por tanto amor y paciencia, que siempre llenan mi vida de nuevos retos.

A mi hermano Rafucho, que siempre ha estado allí apoyando a la familia, y creyendo en mí.

A mis tíos, primos y amigos en todas partes del mundo donde se encuentren, siempre llevo los mejores recuerdos de todos, los amo incondicionalmente.

A la vida por permitirme rodearme de tanta gente bella y por recordarme todos los días que fui yo quien diseño con el permiso de Dios, todo lo que estoy experimentando en la búsqueda de la evolución de mi conciencia y de todo mi ser.

PRÓLOGO

En tierras lejanas, donde el planeta tierra expone su belleza con el máximo esplendor, se narra la historia de tres viajeros que llegaron buscando un lugar para el disfrute de unas vacaciones, y encontraron varios senderos que recorrer, por el campo o la montaña, que los condujeron a una de las mejores experiencias de sus vidas.

Un lugar mágico llamado la Gran Sabana, ubicado en el Estado Bolívar y parte de Amazonas, tierra de leyendas donde existe una gran variedad de especies con una rica flora y fauna. Este lugar es custodiado por sus guardianes, tribus indígenas y entes de otras dimensiones, los cuales comparten la responsabilidad de cuidar en cada plano, esta parte del planeta, pulmón natural y corazón de la madre tierra.

El ser humano siempre está en una búsqueda constante de conocimientos y experiencias. Nuestros amigos, Diego, Sabrina y Rayen, encontrarán en cada camino transitado, información importante que les permitirá abrir sus mentes y conocer diferentes puntos de vista, de personas locales y visitantes.

Profundizar en temas que representan tabúes para muchas sociedades, es el dilema encontrado en cada sendero de este hermoso lugar. En cada rincón hallarás leyendas indígenas y misterios, como la reencarnación y el fenómeno ovni, así como trabajos realizados por religiones del mundo interesadas en proteger a Gaia, nuestra madre tierra.

Cada capítulo lleva consigo una reflexión, que los pondrá a pensar e incluso a dudar, ya que cada sendero expone una realidad, y las personas de mente abierta podrán comprender lo que cada personaje representa, y el mensaje que transmite cada uno de ellos.

El tiempo compartido por estos amigos y sus vivencias, dejará grandes huellas en ellos, ya que la vida es mucho más que lo que vemos; es un enigma, el cual debemos descifrar, y solo a través de la búsqueda de conocimientos, de la duda y el intercambio de información, podremos crear nuestro propio criterio de esto que llamamos vida y de todo lo que nos rodea.

"Cuando la vida te abre los caminos de manera fluida y sin tropiezos, esa es la ruta que debes seguir, pues las lecciones que recibirás las necesitarás para alcanzar tus sueños."

Yo soy

CAPÍTULO 1
EL COMIENZO

Diego y Rayen, dos viejos amigos, arribaron a Santa Elena de Guairén, en el Estado Bolívar de Venezuela, después de un viaje de más de 26 horas en autobús, donde pudieron charlar y recordar bellos momentos de su juventud.

Rayen le dice a Diego, hermano, como te afirmé, he decidido continuar el viaje contigo, pues los conocimientos adquiridos durante el recorrido me han dejado con la esperanza de conocer más sobre el mundo de los pensamientos positivos, y como afectan nuestra vida cotidiana.

Ambos comienzan a caminar desde la terminal de autobuses, buscando el taxi que los llevará a un hostal, donde pasarán la noche y descansarán, ya que el viaje del día siguiente a la Gran Sabana es largo y deben recorrer un amplio trayecto.

Una vez en el hostal y antes de ir a dormir, Diego le dice a Rayen: ¡Amigo deseo que sepas que es un gusto para mí que puedas acompañarme! Sin embargo, debo advertirte que es un trayecto muy largo y de mucho cansancio, y se debe dormir a la intemperie en algunos casos, así que avísame si quieres cambiar de opinión. Para nada amigo, contesta Rayen, voy a continuar, ya que entre las cosas que he aprendido de ti es que debemos experimentar, conocer e ir más allá para poder entender la finalidad de la vida, y sé que nuestro propósito va por este camino.

Esa noche ambos compartieron un poco más sobre los viejos tiempos, cenaron juntos y dieron gracias a Dios por los alimentos, y por la oportunidad de volverlos a unir después de 30 años sin verse. Recordaron como era cada uno de sus compañeros y las cosas que les hacían reír, y ambos estuvieron de acuerdo que muy a pesar del tiempo cada compañero y amigo de infancia seguía siendo una excelente persona, hasta conversaron de organizar un próximo reencuentro con todos sus amigos de infancia para ponerse al día, y saber de cada uno de ellos.

"La Casualidad es la manera que tiene Dios de mantenerse en el anonimato."

Albert Einstein

CAPÍTULO 2
UN GRAN DÍA

Al otro día, en la mañana, Diego y Rayen se levantaron muy temprano, pues debían guardar todo y desayunar antes de irse. A las 6:00 a.m. estaban ya empacando y listos para sentarse a desayunar, cuando de pronto escucharon una voz que decía "Los turistas de Maracaibo que van hacia la Gran Sabana". Diego respondió de inmediato: sí, por acá. La voz que los llamaba era la del Sr. Esteban, un guía turístico del pueblo que hacía traslados y paseos a los turistas por Santa Elena de Guairén y sus alrededores. Lo extraño para Diego y Rayen es que ellos no esperaban a nadie, y no entendían cómo el Sr. Esteban conocía de ellos.

El Sr. Esteban preguntó: ¿Estamos listos ya para partir? Pero Rayen contestó, no señor, aún no hemos desayunado, pero si nos da 10 minutos comemos y estaremos listos para salir. Los tres se sentaron en la mesa y Diego le preguntó al Sr. Esteban, ¿Cómo sabía de ellos?, a lo cual él contestó: Disculpe, ¿Cómo es que me dijo que era su nombre?

Mi nombre es Diego, Diego Pérez; Bueno, Sr. Diego, usted preguntó en la terminal si había algún servicio de traslado dentro del pueblo que pudiese llevarlo hasta la Gran Sabana y la persona no conocía a nadie; Sin embargo, el jefe de esa persona resulta ser mi primo Euladio, él me comento que habían llegado de Maracaibo dos personas que querían viajar a la Gran Sabana y que por la hora en la que llegaron, él se imaginó que era el día de Hoy, temprano, que ustedes estarían saliendo; así que apenas me lo comunicó yo llame a los hoteles y hostales de aquí de Santa Elena y pregunté si habían recibido dos turistas ayer por la tarde, y justo me dijeron que sí, por eso estoy aquí. Usted saber, ya que el pueblo es pequeño, todos aquí nos conocemos.

Diego le comenta a Rayen: es muy importante que estés atento a todas las señales que se presenten, como puedes ver vamos por buen camino, ya que sin haber hablado directamente con nadie, ha llegado una persona que nos ofrece llevarnos a la Gran Sabana, que es donde está el inicio de nuestra aventura. Rayen contesta, ciertamente Diego, he empezado a observar cosas que antes ignoraba, o peor, ni me interesaban, ahora me doy cuenta que es muy importante estar atento a todas las situaciones que vivimos a diario, pues es seguro que siempre aparezcan pistas que nos indiquen el recorrido. Efectivamente Rayen, la gente a diario está sumergida en sus problemas, llámense familiares, financieros, de trabajo, de pareja, así como de otras dificultades de la vida. Y no nos tomamos unos minutos para mirar alrededor nuestro y comprender que todo tiene un "¿Por qué?"; además, los problemas que vemos a diario son experiencias que deben contribuir a nuestro cambio como personas que buscamos la armonía y la verdad.

Todas esas experiencias nos transmiten un aprendizaje, y al mismo tiempo nos dejan pistas que debemos saber conectar en nuestro andar, suena complejo, pero no lo es. Una vez que comenzamos a conectar estas pistas, nos damos cuenta que detrás de ellas hay cambios o giros inesperados que nos conllevan a nuevas situaciones, y que según sea nuestro pensamiento positivo o negativo el resultado será diferente. Rayen comenta, ahora puedo entender que si enfoco mis pensamientos en tener resultados positivos que me den satisfacción, todas mis vivencias serán positivas y buscarán cumplir mi objetivo. Exacto, dice Diego, los problemas generados durante un día, una semana, un mes o un espacio de tiempo X, son mensajes que al final se interconectan con tu realidad cotidiana para empujarte hacia lo que pensaste y sigues pensando.

El Sr. Esteban interrumpe la conversación, y dice: ¡Sr. Diego disculpe usted!, Perdón dice Diego, ¡lláme-me por favor Diego!, ¡A ok perfecto, entonces llámeme usted Esteban, que así estaremos más en confianza!

Diego, continúa, entonces antes de tomar la carretera para adentrarnos hacia la Gran Sabana les hago una pregunta importante: ¿Cuentan Uds. con todas las provisiones necesarias para ir a acampar? Diego y Rayen ríen **"jajaja"**, que bueno que lo mencionas, es que por un momento nos concentramos en lo que estábamos conversando que olvidamos la compra para el viaje.

Ante esta situación, Esteban dice: los voy a llevar a una tienda donde van la mayoría de los turistas, porque tienen de todo y a muy buenos precios. ¡Excelente, afirma Rayen! La tienda apenas iba abriendo, pues era muy temprano en la mañana. Allí había de todo para el senderismo y el camping, así como alimentos y otros enceres. Diego le dice a Rayen, empecemos por el agua, comida enlatada, galletas, por supuesto repelentes para insectos. Diego, aprovechemos el precio de esa carpa, expresa Rayen, creo que sería una muy buena inversión, y así se pasaron una hora escogiendo todo lo necesario para ese fabuloso viaje.

Ya casi para salir entra una joven, de apariencia norteamericana y le pregunta a Esteban si es el guía, y efectivamente Esteban con un inglés un poco disfrazado le contesta que sí. Ella le dice que necesita un traslado a la Gran Sabana, y él le comenta que ya estaba ocupado, pero que le conseguiría a alguien. Rayen, sin embargo, escucha y le dice a Esteban creo entender que va a la Gran Sabana, ¿Si desea puede venir con nosotros, verdad Diego? Si vale me parece buena idea, si a ella también le parece? Acepto, contesta la joven, si no es molestia, en un español con acento gringo.

"La gloria del mundo es transitoria, y no es ella la que nos da la dimensión de nuestra vida, sino la elección que hacemos de seguir nuestra leyenda personal, tener fe en nuestras utopías y luchar por nuestros sueños."

Paulo Coelho

CAPÍTULO 3
LA EMOCIÓN EMBARGA

Una vez dentro de la camioneta que conducía Esteban, todos se presentaron, y la chica mencionó que su nombre era Sabrina y que venía desde Florence, Carolina del Sur, Estados Unidos de América. Diego y Rayen expresaron que ambos eran de Venezuela, y venían de un lugar llamado Maracaibo, zona que cuenta con un clima muy caliente.

Al entrar más en confianza, Esteban les anuncia: "jóvenes, quiero que sepan que están llegando a un sitio extraordinariamente maravilloso, pero peligroso, ya que en la selva los animales y las plantas son los dueños de su hábitat, y ustedes son invitados. Les recomiendo estar atentos, no abusar de su condición de seres humanos, y por su puesto disfrutar del paisaje y de la magia del lugar". ¿Magia?, sí replica Esteban, esta selva tiene muchas historias, porque dentro de ella han habitado desde tiempos inmemoriales grupos de tribus indígenas, que, junto con diferentes personalidades han vivido experiencias, las cuales con el tiempo se han convertido en leyendas.

Eso está muy interesante, comenta Diego. Disculpa Esteban, ¿qué distancia y cuánto tiempo hay desde el pueblo hasta la entrada de la Gran Sabana?, por lo pronto los voy a llevar a un sitio donde puedan comenzar a caminar de manera cómoda, hasta que logren internarse en la Sabana, ya que estamos como a una hora de camino. Excelente, así podrás contarnos algunas de esas fabulosas historias antiguas que rodean el misterio de la Gran Sabana, considerada un valle tan verde y extenso que no se alcanza a ver dónde termina.

Esteban comienza narrando una leyenda de los indios Pemones, que habitan desde épocas milenarias en la mayor parte del territorio de la Gran Sabana, en las riberas del río Caroní. Su nombre significa "Gente". Nuestros padres, en el pueblo, solían contarnos la historia de una tribu que habitaba cerca de Kukenán, también llamado Matawi-Tepuy.

Recuerden que los Tepuy son esas montañas que se divisan desde lejos con la cima completamente plana, las cuales rodean este bello paisaje de la región. Como les comentaba Matawi-Tepuy significa "si me subes, mueres", es un Tepuy de 2.680 metros de altura. Así que nadie se acercaba ni de paseo, ya que estaba rodeado de árboles petrificados; y cuenta la leyenda que en las noches se oían ruidos de animales fantásticos, y que la cima estaba habitada por criaturas invisibles que cuidaban las formaciones rocosas. Había un indio que era el más viejo de la tribu, el cual aseguraba que la montaña estaba rodeada de piedras transparentes, las cuales tenían poder curativo. ¡Jajajaja, ríe Esteban! No quiero asustarlos, pero las noches son muy activas dentro de la Gran Sabana ya que se escuchan muchos ruidos, jajajajajaja.

Diego pregunta: ¿Esteban, cuenta la leyenda que existían piedras transparentes que curaban a la gente?, sí eso es correcto, explica Esteban, deben ser las piedras de cuarzo que me dicen que abundan en algunas zonas de la Sabana. Esa es parte de mi investigación, ya que quiero ver una de las maravillas más extraordinarias de la geología.

Sabrina interviene y pregunta ¿qué tienen de especial esas piedras que mencionas? Bien, para que puedan comprenderlo hay ciertos estudios que demuestran que existen algunas piedras misteriosas con poderes de sanación, ya que su composición mineral energética emite ciertas vibraciones que influyen sobre el campo vibracional de los humanos, animales y plantas. Rayen, responde, hermano eso está muy interesante, ¿y cómo son esas piedras?, a lo mejor las he visto y ni las conozco ¡jajajajajaja! Diego afirma, efectivamente son muy conocidas, y las personas especulan también mucho sobre ellas. Las venden sin tener idea para que se utilizan y que significado tienen cada una de ellas. Según me comentan, existe una explotación indiscriminada de minas de cuarzo en el Amazonas, y a ese ritmo podrían desaparecer en los próximos años. Deseo mucho ver de cerca estas formaciones, y poder recabar información sobre ellas.

Aprovechemos el tiempo que nos queda, manifiesta Esteban, y les comentaré de otra leyenda que nos contaban de niños. Había una vez un cacique llamado Arapena, era muy querido por su pueblo, pero un día el cacique se fue de pesca y encontró su muerte de manera inesperada e inexplicable. Su cuerpo fue encontrado cerca de una caída de agua, sin señales de violencia, y muy por el contrario su cadáver irradiaba una paz extraordinaria. En conmemoración a su muerte, la tribu decidió llamar a esa cascada de agua **"Arapena Meru"**. La leyenda afirma que en noches de luna llena se puede ver la figura del cacique, brillando en la oscuridad y señalando hacia el frente, hacia la Sabana. Rayen con asombro comenta: ¡Uuuuuyyy! se me puso la piel de gallina, ¡jajajajajajaja¡, ríen todos. Esteban dice: bueno, realmente son leyendas, sin embargo, en mi pueblo hay personas que dicen que lo han escuchado o visto. Sabrina, muy emocionada expresa, será excelente tener esa oportunidad, ya que en mi país no existen estas leyendas, y creo que va a ser una gran experiencia para mí. Diego, por su parte, también comenta, bueno vine a experimentar emociones que jamás he sentido en mi vida. Así que pienso igual que Sabrina, será una aventura para contarles a nuestros hijos y nietos.

Amigos míos, ya están llegando a su destino, dice Esteban. Para mí ha sido un placer poder atenderlos. Me gustaría que anotaran el número de mi teléfono celular, por si acaso llegan a tener cobertura y desean tener alguna información. Estoy para servirles, y cuando estén de regreso, si desean puedo buscarlos por este mismo lugar. Por favor les recomiendo manténganse juntos, es mucho más seguro. Y nos vemos en una semana.

Diego y sus amigos, se despiden de Esteban y le agradecen su amabilidad y amistad. Luego comentan entre ellos lo agradecido que están con ese señor, que apenas lo conocían y sin embargo los ayudó y orientó para que llegaran a la Gran Sabana. Diego le dice a Rayen, son las cosas maravillosas que ocurren cuando nuestros pensamientos positivos están alineados con nuestras acciones. Ahora nos toca enfocarnos en nuestro camino.

"No hay muchos caminos. Hay muchos nombres para el mismo camino, y este es Conciencia."

Osho

CAPÍTULO 4
ENTRANDO AL SENDERO

Era ya media mañana cuando Diego, Rayen y Sabrina, llegan al comienzo de un largo sendero, que los internará en su nueva aventura. Sabrina le pregunta a Diego y a Rayen, si puede acompañarlos. Por su puesto, contesta Diego; solo quiero que sepas que vamos en búsqueda de nuevas experiencias, y esto implica dormir a la intemperie, comer lo necesario y caminar mucho. A lo que Sabrina, respondió, no es problema para mí. Y así comenzaron su recorrido por el sendero.

Comenzaron a caminar y a disfrutar de un bello paisaje, de selvas, bosques y ríos que surcan la región, con una fauna y flora exuberante, y en el horizonte podían verse las grandes formaciones rocosas más antiguas del planeta: "los Tepuyes", que le dan un toque de misterio a tan vasta vegetación. Mientras caminaban Sabrina preguntó a Diego, disculpa, te escuche que le decías a Rayen algo sobre el pensamiento positivo, y quiero comentarles y me disculpan mi mal castellano, que desde que regresé a Venezuela todo ha salido muy bien, hasta el punto que llegue a pensar que alguien me guiaba hasta aquí, porque en los aeropuertos y en los lugares donde he llegado me han atendido excelente, y me han orientado en mi viaje. He conocido a personas distinguidas y serviciales como el señor Esteban, y ahora a ustedes con los que he logrado, desde que nos conocimos, comenzar una amistad. ¿Piensan ustedes que esto significa algo?

Rayen le contestó, amiga Sabrina nada es casual; te lo digo porque estoy aquí gracias a que la vida puso en mi camino de nuevo a mi viejo amigo, Diego, y con él he aprendido en solo un día y medio, lo que no aprendí en mis últimos 30 años. Sabrina escuchaba con interés, y dijo eso es muy interesante, siempre he creído que hay cosas más allá de lo material, pero ha sido muy difícil para mí porque en mi casa hay un dicho que dice: "Tienes lo que produces".

En mi país la gente no cree mucho en esas cosas, dicen tener fe en Dios, pero realmente lo único que les interesa es trabajar, endeudarse y soñar con una vejez tranquila. Por eso, yo decidí salir de mi casa en busca de nuevas experiencias y un destino diferente, y simplemente la Gran Sabana me resulto lo ideal. Diego, comentó, es un tema cultural, amigos, venimos de países diferentes por lo cual existen variaciones entre nuestras culturas. En las naciones más desarrolladas, el modo de vida es el de trabajar de día en día. Pero para mí la gente vive para trabajar y no trabajan para vivir; esto hace que el enfoque de sus vidas sea valorado en lo que pueden adquirir con su trabajo, llámense casas, autos, ropa, entre otras cosas. Una existencia completamente enfocada en el materialismo, eso no está mal, solo que cuando te enfocas en aspectos materiales solamente, pierdes el interés en disfrutar de las maravillas que nos ofrece nuestro planeta, como hermosas playas, montañas, bosques, ríos y animales de todas las especies. Eso nos hace conscientes de los milagros de la creación, nos hace más sensibles y compasivos, elementos necesarios para vivir con una conciencia sana y plena.

¡Conciencia! ahora que mencionas esa palabra, Diego, puedes explicarme algo más sobre eso, porque la verdad que lo único que conocemos como conciencia es cuando nos regañan y nos dicen que debemos ser más conscientes de lo que estamos haciendo. Efectivamente Rayen, en parte, eso es, solo que realmente no le sacamos provecho a esa terminología.

Según mi perspectiva, les explico que la conciencia es como tu software personal, es donde se almacenan todas tus vivencias a través del camino recorrido. En ese espacio no físico están contenidas todas las experiencias de esta y otras vidas, solo que el acceso a esa información la manejas tú. Estoy un poco confundida, dice Sabrina. Entonces se los explico mejor, todo lo que nosotros vivimos a diario es almacenado en un lugar, donde nosotros nos permitimos una información cada vez que la necesitamos. A eso lo llamamos experiencia, que puede ser positiva o negativa, pero que en ambos casos es un aprendizaje, el cual nos sirve de alerta cuando estamos ante una situación similar a la vivida anteriormente.

Cuando la luz de nuestra conciencia se enciende, nos pide poner atención ya que existen situaciones comunes que podemos manejar con mucha facilidad, mientras que hay otras de difícil operación que requieren apelar a nuestro banco de datos, ubicado en nuestra conciencia, para consultar lo que buscamos. Pero es aquí donde digo que no aprovechamos esta herramienta cuando tenemos momentos difíciles, ya que solemos buscar la solución en otros lugares, ante que en nosotros mismos. Pero para lograrlo, solo se requiere silencio, estar a solas contigo mismo; es consultarle a tu software llamado conciencia qué podrías hacer, y automáticamente empiezan a fluir dentro de tu persona respuestas que te llevan a conseguir una paz increíble. Es allí donde te das cuenta que estás conectado con una gran fuente llamada Dios, el cual mora dentro de ti.

"Creamos o no en la supervivencia de la conciencia después de la muerte, la reencarnación y el karma, tiene una implicación muy seria para nuestro comportamiento."

Wayne Dayer

CAPÍTULO 5
EL SENDERO DE LO DESCONOCIDO

Diego, hermano, me quito el sombrero. La verdad es que tú has pasado mucho tiempo estudiando e investigando, y todo lo que mencionas tiene una gran lógica, aunque muchas personas no sepamos de lo que hablas. En la medida que vas explicando sobre el tema, parece que todo se pone muy claro y definitivamente eso me hace pensar que comenzamos a conectarnos con nuestra conciencia. ¡Así es Rayen¡ Dice Diego. Sabrina mientras tanto está un poco pensativa, ya que ha podido entender lo que Diego ha comentado, y está muy de acuerdo con el comentario de Rayen, pero hay algo que mencionó Diego que la dejó atónita.

Sabrina le pregunta a Diego: ¿tú crees realmente que nosotros hemos vivido otras vidas? La miró por un instante y luego le contesta lo siguiente: "Soy respetuoso de lo que profesan las religiones y la filosofía de cada persona con relación a este tema, yo tengo mi opinión al respecto".

Después de estudiar y reconocer que hay investigaciones serias sobre el tema, con resultados increíbles, Diego expuso como ejemplo, el caso de un científico canadiense, llamado Ian Stevenson, quien, a través de un método de entrevistas, viajes y recolección de datos, pudo recabar información de alrededor de 3.000 casos de niños que, al morir, con el tiempo habían reencarnado en otro cuerpo; esta investigación la procesó y la dio a conocer en algunos de sus libros. En cada caso de estas revelaciones los niños podían recordar a sus familias anteriores, lugares que solían visitar y hasta cómo fallecieron; y una de las cosas más sorprendentes es que algunos tenían una marca en su cuerpo que indicaba la causa de su muerte anterior.

Es cierto e increíble, afirmó Sabrina, lo que Rayen dice acerca de ti, Diego, manejas mucha información sobre estos hechos misteriosos. ¡Disculpa, continúa! Gracias Sabrina, también personalmente he experimentado regresiones espirituales, a través de meditaciones profundas, donde me he trasladado en el tiempo a épocas anteriores a esta vida, vestido de manera diferente. Por ejemplo, en una ocasión me vi vestido de romano, y casualmente mi comida favorita es la italiana, y el lugar donde deseo entrañablemente ir es a Italia, pues me identifico con su cultura, con el idioma y su gastronomía, entre otras cosas.

Además, en todos estos años he conocido a personas que al igual que yo, han ejecutado algunas regresiones hacia sus otras vidas antiguas y sus experiencias son muy parecidas a las mías. Por eso para mí, la reencarnación no es un tabú, es realmente una filosofía sobrenatural que ha estado presente, desde la antigüedad, en la mayoría de las religiones orientales, como el hinduismo, taoísmo y budismo, que la practicaron durante milenios; e incluso los antiguos cristianos, antes del emperador y el Papa Constantino, también creían en la reencarnación. Disculpen si los he confundido y saturado con tanta información, pero me apasiona este tema. De todos modos creo que hemos caminado lo suficiente, por lo que deberíamos tomar un descanso y un poco de agua para calmar la sed.

Diego, le dice Sabrina, me gustaría que me hablaras más ampliamente acerca de algún caso de reencarnación, después de la muerte de alguna persona. Hagámoslo después de cenar, pues me muero de hambre. Rayen saco del bolso unas galletas y carne seca, y se sentaron a comer.

Sabrina sabes que uno de los casos más conocidos y estudiados se dio en Estados Unidos, justamente en tu país. Sabrina le dice: "Cuéntame, por favor." Está bien, había un niño de escasos tres años de edad, al cual le gustaba solo jugar con aviones muy a pesar de que sus padres le tenían otros juguetes. Pero a él solo le gustaba divertirse, jugando con aviones, y parecía todo un experto ya que describía con lujo de detalles las partes del avión y también lo que debía revisarle al avión antes de despegar. Eso no era un hecho normal, que les parecía muy extraño a sus padres, ya que no había forma de pensar que él conociera tantos detalles a esa edad.

Luego el niño empezó a tener pesadillas sobre aviones de guerra en problemas. Su madre lo despertaba, mientras el niño gritaba: "Avión en llamas, no puedo salir" Ese percance llevó a sus padres a buscar ayuda profesional. Consultaron a una terapeuta, experta en reencarnación, quien logró traer los recuerdos claros del niño donde narraba que había sido un piloto de caza, y que su avión fue derribado por los japoneses en Iwo Jima. Igualmente, explicó con detalle que su aeronave despegó de un navío, llamado Natoma, y que volaba frecuentemente con otro piloto de apellido Larson.

Todo este misterio sobrenatural debía seguir siendo investigado, ya que parecía un cuento de ficción. Es increíble, Diego, este caso que nos cuentas. ¿Y cómo determinaron que todo era cierto?, pregunta Rayen. Lo que sucedió fue que el padre del niño investigó cada pormenor que narró su hijo, y reveló que el Natoma era un pequeño portaviones de servicio en el océano pacifico, durante la segunda guerra mundial, y que Larson era un piloto de Arkansas que estuvo en ese portaviones durante la guerra.

Además averiguó, dentro de las investigaciones, que solo un piloto había muerto en Iwo Jima en esa época: "Un joven de 21 años de apellido Huston". ¡Wooow! estoy sorprendida, dice Sabrina. De inmediato, el padre del niño se puso en contacto con la familia de este piloto, y les explicó lo que sucedía con su hijo. Les dio detalles que solo podía saber el propio Huston, y la familia confirmó cada suceso que el niño había contado. Después de esto, muchachos, continué buscando información. De verdad estoy convencido de que la reencarnación existe.

Mientras descansan, después de comer en un sendero cercano a un riachuelo, de aguas cristalinas, Sabrina cambia de tema y explica que el viaje lo planificó solo hace algún tiempo, luego de prepararse para vivir nuevas experiencias, ya que si hubiese venido con sus padres no habrían creído nada de lo que han hablado hasta ahora, y peor ni siquiera les hubiese interesado. Diego les comenta a ambos, no importa la edad ni el país donde vivas, ni lo que haces, si te interesas por conocer y ampliar tu conciencia tendrás una visión del mundo totalmente diferente. Esto les hace comprender a muchas personas, dentro de las circunstancias que los rodean, por qué toman decisiones radicales en muchos casos, para a veces hacerles daño a otros. Lo que pasa es que queremos que todos piensen como nosotros, y eso es imposible, porque lo que genera son conflictos y choques, que llevan a tragedias como las guerras.

El mundo debe ser cada vez más amplio, la gente debe respetarse los unos a los otros, y eso se logra con una mente abierta y una conciencia conectada con Dios, cualquiera que sea tu idea de él.

El camino se hace cada vez más espeso; muchos arbustos y fascinantes vistas se pueden observar en el recorrido. Rayen le dice a Diego: "Sabrina y yo estamos haciendo contigo un curso intensivo de apertura de conciencia" ¡jajajajajaja!, todos ríen, ya que hay cosas que nos estas mostrando de las que nunca escuchamos hablar, muy interesantes por cierto. Esto me indica cuán lejos de la realidad vivimos, a veces nos centramos en cosas que no tienen sentido, que generan en nosotros molestias y preocupaciones, habiendo en el planeta tantas cosas por conocer y descubrir, que al mismo tiempo te hacen más consciente del mundo que te rodea.

En la medida que Diego, Rayen y Sabrina se van adentrando en la Gran Sabana, la tarde empieza a caer, trayendo un ambiente mágico de aventuras para ellos inolvidables.

"Si realmente amas la naturaleza, encontrarás la belleza en todas partes."

Vicent Van Gogh

CAPÍTULO 6
UNA LUNA GUÍA EL CAMINO

Al anochecer Sabrina, Diego y Rayen hacen una parada en un lugar espectacular, donde la luna llena, iluminaba con su brillo un hermoso paraje. Repentinamente, Diego dijo: "Este es el lugar perfecto para acampar esta primera noche, ya que hay cerca un rio y está muy despejado de maleza para poder instalar nuestras carpas".

Todos comenzaron a armar sus tiendas y buscaron un grupo de piedras de rio para prender una fogata. Por un momento, Sabrina se quedó pensativa, mientras Rayen bromea y dice: ¡Parece que alguien extraña su cama!, y ríe ¡jajajajajaja!, Sabrina de inmediato le contesta "no Rayen, es solo que por un momento sentí una agradable sensación, como si la naturaleza me estuviera abrazando". Diego, por su parte, contestó, muchachos esa es la magia del bosque, pero terminemos de instalarnos y les contaré sobre los Elementales de la Naturaleza. Sabrina y Rayen se miraron y aceleraron lo que hacían, pues no querían perderse el siguiente relato de Diego.

Chicos ahora que estamos listos, hagamos un poco de café en la fogata y comamos algo, apreciando esta bella luna y respirando profundo, ya que esto no se vive todos los días.

Diego comienza su narración, donde relata: "Hay una historia que deseo contarles sobre la naturaleza y sus guardianes", ¿Guardianes? pregunta Sabrina, ¡sí! responde Diego, existen personas dedicadas a investigar sobre estos casos.

Saben que la madre naturaleza tiene sus propios guardianes, y estos seres son los que protegen desde otro plano cada rincón de los bosques, ríos, playas, montañas, etc., solo que no los podemos ver, pues no están en el plano dimensional y vibracional de los seres humanos.

Recuerdan ustedes los comics de hadas, elfos, gnomos y demás, pues estos han estado relacionados con diferentes culturas a través del tiempo, y en muchas épocas han recibido nombres diferentes, desde la antigua Grecia hasta la India, incluyendo celtas y culturas indígenas como las Aztecas y Mayas.¡ Ya estos seres eran conocidos!. ¿De verdad?, todo esto es nuevo para mí dice Sabrina, y Rayen, a su vez, contesta, para mí también, cuéntanos más por favor.

Estos seres cuidan y representan cada elemento de la naturaleza. El fuego, por ejemplo, lo representa la Salamandra, el aire lo representan las Hadas y Silfos , la tierra la representan los elfos, duendes, entre otros, y el agua la representan las Ondinas, Sirenas y Ninfas. Hay personas que han logrado verlos y dicen, según comentan, que son muy tímidos y no interactúan con los humanos.

Esto es bastante interesante, dice Rayen. De igual manera les mencionó que hay algo más que les gustará saber; se dice que "el célebre productor de cine Walt Disney podía verlos, por lo que en sus dibujos animados, aparecían Hadas como Campanita(Tinker Bell) en ingles". Sabrina te debe sonar familiar, ya que esta hada tan especial ha sido parte de la niñez de muchas personas en el mundo, ¡haa! y los famosos Enanos de Blanca Nieves también son parte de los elfos que cuidan los bosques.

Estos relatos son muy curiosos, para muchas personas son solo fantasías, pero para otras son reales y hasta pueden verlos. Esto lo dejo al libre pensamiento o creencia de cada quien.

La verdad yo siempre he pensado que la naturaleza es sabia, ya que cada cierto tiempo cambia y transforma nuestro entorno. Existen pruebas científicas de que las montañas en algún momento en la historia de la tierra estuvieron bajo el agua, en donde se han encontrado conchas de caracoles, así como fósiles marinos; por lo que sabemos, estos cambios son necesarios, pero existe un grave problema que está haciendo que la tierra cambie aún más rápido y de manera mucho más fuerte, y esto es el calentamiento global, dado en muchos casos por el mal trato de los seres humanos a Gaia.

¿Gaia, pregunta Rayen, qué es eso? ¡No lo había escuchado antes!, ¿y tú Sabrina, habías escuchado algo sobre Gaia?, no la verdad que no Diego. ¿Qué es eso, podrías explicarnos?, seguro pero primero tomemos otro café, porque ya me está afectando el frio de la noche.

Ok amigos, Gaia es el nombre de la madre tierra, todas las personas que se consideran de la nueva era conocen el significado de esta palabra, que aunque parezca un poco contradictorio, fue un científico inglés quien le puso ese nombre, a pesar de encontrar muchos oponentes a su teoría. Este señor afirmaba que el planeta tierra era un ser vivo y se auto regulaba para mantener la vida de los seres, considerados no pensantes, por lo que mantenía el hábitat acorde para el nacimiento, crecimiento y desarrollo de los mismos.

Por eso, mis amigos, soy de los que piensa que en vez de acabar con nuestro planeta de la manera como lo estamos haciendo: "lanzando contaminantes a las aguas y al aire, cortando arboles indiscriminadamente e incluso cazando animales en extinción sin importar cuantos quedan en el planeta", pronto debemos tomar alguna acción para evitar esta situación de destrucción de lo que fue nuestra amada tierra en épocas anteriores, y no perderla de seguir con este comportamiento sin control.

De verdad amigo esto es muy interesante, pues todo parece estar conectado. Efectivamente Sabrina, la verdad es que me gustaría mucho que todo el mundo entendiera que lo menos que podemos hacer para ayudar a nuestro planeta, es cuidándolo y creando conciencia entre las personas que nos rodean. Con esto pudiéramos frenar cada vez con energía la destrucción de Gaia. Cuenta conmigo, expresa Rayen, porque esta revelación que das a conocer debe ser cada vez más accesible a la gente, para que todos salgamos del letargo que mantenemos, solo viviendo nuestra vida, sin importar lo que suceda en nuestro mundo. Así es amigo, por eso me gusta compartir mis vivencias y conocimientos, porque sé que puedo despertar un poco de curiosidad, y a su vez por causalidad lograr que las personas abran sus mentes y contribuyan a una mejor sociedad, a vivir en comunidad, dentro de nuestro hermoso planeta. Muy bien chicos, ahora sí, durmamos un poco, ya que mañana continúa nuestro recorrido por este maravilloso lugar. Descansen.

"Todos somos de la Tierra, el Agua es sagrada, el Viento es sagrado. Debes tratar todas las cosas como Espíritu, darte cuenta que somos una familia."

Red Crow

CAPÍTULO 7
EL PRIMER ENCUENTRO

Al amanecer se escucha el canto de aves por doquier, son las 5:30 a.m y el sol comienza a salir, se ve a lo lejos un hermoso esplendor que alumbra los árboles y un riachuelo que pasa cerca del sitio donde acamparon Diego, Sabrina y Rayen. El aroma a naturaleza viva hace que comiencen a despertar, después de un merecido descanso.

Muy buenos días dice Rayen, hagamos café, la mañana esta estupenda; buenos días contesta Diego, y luego Sabrina dice muy buenos días, dormí como un bebe. Si, tomemos una rica taza de café y comamos algo, ya que debemos continuar nuestra ruta hacia un lugar muy especial.

Ya listos con las carpas recogidas y los implementos de viaje en las mochilas, continuaron penetrando por un largo sendero, que los interna dentro de lo profundo de la selva. En su caminar pudieron observar las magníficas montañas que conforman el Macizo Guayanés.

Diego comenta, chicos quiero que sepan que esas montañas que vemos allí, según estudios geológicos, vienen a ser una de las formaciones rocosas más antiguas del planeta, ¿En sério?, manifiesta Sabrina. Lo que me llama la atención es la forma cuadrada de esas macizos, y se llaman **"Tepuyes"**, dice Rayen. Ha sí, tienen nombre propio?, claro Sabrina ese nombre se lo dieron los indios **"Pemones",** que habitan en ese territorio de la Gran Sabana. Todavía recuerdo mis clases de geografía, verdad Diego;¡ jajajajaja !, rieron.

En su avance a través de un hermoso sendero, un riachuelo que pasa muy cerca de ellos se hace sentir y sus aguas fluyen de manera natural. De pronto se escucha un sonido, es una voz masculina que parece estar cantando algo. Diego es el primero en asomarse hacia el lugar de donde proviene la voz, y se da cuenta que hay un hombre delgado de tez morena, vestido de manera muy extraña, con un halo de plumas multicolor encima de su cabeza, collares de hilos de varios colores alrededor de su cuello y una tela que cubre sus partes íntimas. Voltea hacia sus amigos y de manera cordial les dice: bajemos la voz por favor, hay allí un señor que parece que es un Chaman", ¿Un qué? contesta Rayen. Un Chaman, ya les explico de que se trata.

Continuaron caminando pero muy despacio, buscando poder ver que era lo que hacia ese hombre en el riachuelo. A unos metros de distancia consiguieron un espacio abierto, donde decidieron conversar y Diego pudo explicarles sobre el caso, mientras Sabrina tomaba fotografías y filmaba un video de tan peculiar ritual.

Ok chicos, señaló, un Chaman es una persona de mucho respeto para los indígenas del amazonas, porque estas personas son los sabios de la tribu, los cuales son consultados para casi todo lo que se hace en las diferentes tribus indígenas. Los Chamanes son curanderos, todos sus remedios son a base de hierbas de la zona. Sí y cuando se enferma alguno de la tribu, va donde el Chaman. ¡así es Rayen!. Asimismo, los Chamanes dicen que pueden hablar con los espíritus, lo cual les da el don de adivinadores; por eso las decisiones de la tribu deben ser consultadas con él. Y manejan, además, el arte de los rituales, ya que a través de canticos y bailes pueden evocar a los espíritus para calmar la lluvia, o hacer que llueva de ser necesario.

¡Guauuu!, dice Sabrina. Diego esto es realmente maravilloso, no sabía que existían personas con tales aptitudes en el amazonas. Sabrina hay muchas cosas que debemos conocer, por eso estamos aquí en la búsqueda de nuevas aventuras y experiencias que la vida nos presenta en este mundo desconocido.

Rayen les avisa: "Hey, el Sr. Chaman nos está mirando, lo voy a saludar", ¿Hola Sr. , me llamo Rayen y Ud.?, el Chaman de inmediato le contestó en un idioma que no entendieron. Diego les explica que está hablando su lengua, pero Rayen contesta disculpe no le entiendo. El Chaman respondió de nuevo en su lengua. Diego decide acercarse un poco y saludar con sus manos juntas, haciendo un gesto y bajando la cabeza. El Chaman entendió la expresión y contestó en castellano me parece que están muy lejos del camino, pero Diego le informa, si claro estamos buscando avanzar hasta llegar al Salto Ángel. El Chaman le expresa, bueno creo que están aún muy lejos de ese lugar. Disculpe, ¿lo interrumpimos?, no Sr. ya había terminado mi trabajo. Cree usted que podamos hablarle durante unos minutos, nos gustaría mucho poder conocerle. No hay ningún problema, dijo, " Bienvenidos a mi tierra".

Para hablar con él, Diego, Sabrina y Rayen se sentaron en unas piedras cerca del riachuelo, mientras el Chaman recogía sus cosas y se acercaba a ellos. Perdón usted no me dijo su nombre, dice Rayen. Me llamo Kumarakapay, a sus órdenes, aunque si les es muy difícil pueden llamarme solo Kapay, ¡haaa! muchas gracias, creo que ese es más fácil.

Ante el Chaman se presentaron todos; mi nombre es Diego, mucho gusto, y el mío Sabrina, y Rayen comenta bueno el mío es Rayen y estamos contentos de haberle encontrado, pues queremos conocer un poco sobre esta zona del país, que tanta gente dice que es mágica. ¡Jajaja! sin duda alguna queridos amigos, Ituyita es mágica y especial, ¿Perdón como dijo? Ituyita es el nombre en Pemón de la Gran Sabana.

Sr. Kapay, disculpe usted, he visto que ha estado fumando tabaco, tomando un brebaje y sacudiendo unas ramas, y realmente a todos nos llama la atención conocer que hace usted en ese ritual. Claro, les explico, antes de ayer hubo varios enfermos en la tribu producto de las lluvias de esta época, y yo tuve que hacer medicina para ellos, para poder sanarlos. Disculpe, dice Diego, ¿y cómo hace las medicinas usted?, con hierbas de la zona, eso si no son cualquier hierba, son plantas seleccionadas, dependiendo del tipo de malestar que presente el enfermo. Caramba, entonces usted es doctor y farmaceuta, comenta Rayen; pues si amigo, a nosotros los chamanes nos enseñan desde muy jóvenes a buscar las hierbas en el monte, a saberlas reconocer y preparar para la sanación, pasamos años practicando ya que de nosotros depende la salud de nuestro pueblo. Esto es increíble, afirma Sabrina. Y lo del porqué del tabaco y el brebaje, esas son herramientas de trabajo; el tabaco simboliza el mundo sobrenatural y el brebaje, como lo llaman ustedes, es una bebida a base de varias hierbas que se llama "Ayahuasca" en nuestro lenguaje, y es lo que permite penetrar al mundo de los espíritus. ¡Ahora si entiendo!.

Sí, el trabajo de hoy era poder entrar al mundo de los espíritus, a través de los movimientos mágicos con las ramas, agradeciendo a la naturaleza y sus espíritus por la curación de los indios enfermos de nuestra tribu. ¿Y entonces eso significa que ya están curados?, no, contesta, pero si están empezando a sentirse mejor, mi trabajo es agradecer para fortalecer sus cuerpos y sus mentes y así puedan sanar muy pronto. Esto es realmente asombroso, repite Sabrina.

Y ustedes, ¿qué hacen por estos lados remotos del país?. bueno realmente vinimos a conocer este hermoso lugar, del cual tantas personas hablan, y al mismo tiempo experimentar el contacto con todos los seres que habitan esta región. Ahh, muy interesante replica el chamán. ¿Es cierto que ustedes los chamanes tienen otras actividades que hacer además de sanar?, pregunta

Diego. Si claro, contesta el Chaman, nosotros somos los consejeros de nuestra tribu; la gente acude a nosotros por ser personas dedicadas a lo espiritual y por los amplios conocimientos que utilizamos.

Además de poder hablar y contactar a los espíritus, para pedir por nuestra tribu, para que aleje las cosas malas y para que se abran caminos que nos permitan cultivar nuestros alimentos, pescar y cazar, siempre solicitamos permiso a todos estos espíritus vivos. Disculpe, no entiendo lo que dijo, te explico, para nosotros todos los seres vivos tienen su espíritu, para yo poder disponer de ellos debo solicitar permiso para poder alimentarnos, ya que de lo contrario podrían afectarnos de manera negativa. En nuestras creencias, todo lo creado en esta vida lo llamamos mundo visible, tienen esencia y mientras estén en este plano podemos ayudarnos unos con otros, una vez que mueren o desaparecen, vuelven al mundo invisible después de haber cumplido su estadía en este plano. Eso es un ciclo repetitivo. ¡Guauuu! la verdad que esto es sorprendente, como aprende uno algo nuevo todos los días, afirma Rayen; si, y lo que falta, advierte Diego.

Bueno muchachos, no sé si antes de irse desean que hagamos un pequeño ritual juntos, a manera de que ustedes puedan obtener el permiso de los espíritus, para recorrer la sabana y que se sientan protegidos.

Diego dice, creo que es una buena idea, ¿qué les parece?, y todos dijeron ok, al mismo tiempo. Kapay les indico que debían quitarse los zapatos para tener contacto directo con la tierra y el agua, luego les pidió que se acercaran en círculo al agua y una vez allí se tomaran de las manos, y Kapay fue dándoles con la rama mientras fumaba el tabaco y entonaba un cántico. Les pidió que visualizaran el camino sin lluvia y despejado, y que se vieran junto al Salto Ángel, luego les echó un poco de agua del río y les dijo:" ya tienen el permiso de los espíritus para recorrer sus caminos". El chamán les dice deben irse por este lado ya que el sendero es más ancho y al final del mismo podrán descansar, porque hay árboles frondosos y es un lugar perfecto para acampar. Muchas gracias, dijo Diego, la verdad es que hemos aprendido mucho con usted. Sabrina y Rayen, expresaron, así es, gracias por todo y por tan bella experiencia.

Diego, Sabrina y Rayen continuaron su avance, ya que les faltaba aún mucho por recorrer. Después de caminar un par de horas decidieron pararse a comer algo, y Sabrina, comentó, la verdad chicos no esperaba nada como esto cuando decidí venir a conocer este bello lugar, y Rayen le contestó, bueno creo que con Diego siempre habrán experiencias increíbles que conocer, y rieron. Después de continuar su camino, ya casi al atardecer llegaron a un lugar maravilloso, en medio de un bosque con árboles muy altos y en donde había un espacio amplio para acampar. Es aquí donde seguro Kapay nos comentó que podíamos dormir, tiempo para que armemos nuestras carpas y busquemos leña para hacer una fogata y tomar un poco de té. Mientras hacían sus labores, la tarde iba cayendo y el sol en el ocaso pintaba de un color naranja ese bello cielo y sus montañas.

En la noche sentados frente al fuego, Rayen dice, bueno muchachos después de ese ritual les confieso que me siento muy seguro. Por su parte, Sabrina con asombro manifiesta que eso es un efecto psicológico, y les recuerda que él mencionó que los espíritus nos protegerían. ¡Jajaja! ríe Diego y asegura, la verdad no importa de donde venga esa sensación de protección, solo el creerla y sentirla me hace estar mucho más tranquilo. Por eso en este momento, continua, solo nos queda agradecerle al chamán el habernos ofrecido la oportunidad de conocer un mundo mágico y desconocido con todos los seres y existencias sobrenaturales que viven en este sorprendente lugar. Es cierto, dice Sabrina, y les da las gracias a Diego y Rayen por tener unos compañeros de viaje tan especiales. ¡Jajajajajaja! tengo hambre dice Rayen. Diego, a su vez, le da las gracias a Sabrina por ser una excelente compañera y le dice: ahora debemos ir a dormir, mañana será otro día.

"Y la Paz de Dios, que sobrepasa todo entendimiento, guardará vuestros corazones y vuestros pensamientos en Cristo Jesús."

Filipenses 4:7

CAPÍTULO 8
UN SEGUNDO ENCUENTRO LLENO DE BENDICIONES

La mañana siguiente el día comenzó un poco mojado; una leve llovizna caía sobre las tiendas del campamento, lo que hizo que los chicos despertaran con el ruido de las gotas de agua. Diego le da los buenos días a Sabrina y a Rayen, espero que hayan dormido tan bien como yo, pues caí como un tronco del cansancio. Todos se estiraron y recogieron sus tiendas de acampar, se sentaron bajo un gran árbol a desayunar unas galletas con un vaso de agua, pues no habían podido encender el fuego para preparar el café.

Sin embargo, Diego hace un gesto "hummmmm" huele a café recién hecho y Sabrina le contesta, disculpa, creo que estas soñando pues yo no huelo nada, y Rayen dice lo mismo. Entonces, Diego ríe ¡jajajajajaja! y comenta, muchachos nosotros las personas operadas de los cornetes de la nariz tenemos el olfato muy sensible, ya verán que es cierto lo que les digo, sigamos caminando, porque del norte viene el olor a café. Y comenzaron a caminar, en la medida que iban avanzando podían empezar a notar que dicho olor se hacía cada vez más fuerte. Definitivamente, Diego, huele a café, afirma Sabrina, así que veamos quien lo está preparando tan temprano.

En eso divisan a lo lejos una gran edificación hecha de troncos y de palmas en el techo, lucía como un lugar rústico, pero a su vez confortable. Así que agilizaron su marcha. Rayen les habla a Diego y a Sabrina:" ¿Están viendo lo mismo que yo?", sí claaaro, contestan ambos al mismo tiempo, ¿Qué lugar será ese? Diego señala que parece ser una churuata, ¿churu qué? dice Sabrina. Diego le responde, es una Churuata, las viviendas de los indios Pemones, muchos de ellos viven en asentamientos muy cerca del río, donde pueden cultivar sus principales fuentes de alimentos como yuca, maíz, plátano, entre otros. ¡Guauuuu!i increíble, que bonitas casas tienen, afirma Sabrina.

En ese momento se escucha una voz que les dice wakupero upetoi. Diego contesta, disculpa no hablamos tu lengua, ¿Tú hablas español? Sí, por supuesto, responde una linda chica Pemón, bienvenidos a nuestra tierra, mi nombre es Yuruani, sigan por favor. En ese momento gritó fuerte:" Padre, Padre, tenemos visita". De una churuata que tenía una cruz en la entrada salió un Fray cristiano, con una túnica marrón y unas sandalias de cuero, además, tenía su cabello afeitado en la parte superior y recortado a los lados. Bienvenidos amigos, mi nombre es Fray Cristóbal, sois bienvenidos a este humilde hogar lleno de gente maravillosa y muy trabajadora. ¿Quién sois vosotros? Me imagino que sois turistas paseando y conociendo el lugar, efectivamente, contesta Rayen, somos amigos que venimos a conocer este maravilloso paraje, tenemos varios días acampando, pero hoy nos ha traído hasta aquí un agradable olor a café recién hecho, y veníamos como hipnotizados, disculpe ud. ¡jajajajaja! rieron todos. Fray Cristóbal les contesta, jóvenes este lugar os brinda una cálida bienvenida a todos y os invita a quedarse para que conozcan adecuadamente este hermoso lugar y las costumbres de su gente, que por años han vivido y han protegido este sagrado espacio.

Padre, muchas gracias, no queremos molestar, dice Diego, la verdad estamos de paso, solo veníamos a ver si podíamos comprar una taza de café. ¡jajajajajaja! ríe Fray Cristóbal, para nada joven, este lugar os da la bienvenida y os invita una rica taza de café caliente cuando deseen.

Diego, Rayen y Sabrina, se trasladaron a una churuata, que les asignaron para que se hospedaran por el tiempo que quisieran. Sin embargo, Diego le comenta al Padre, solo dormiremos aquí esta noche, pues mañana debemos seguir nuestro camino al Salto Ángel. Fray Cristóbal les sirvió el café y se sentaron a orillas del río, donde se veían algunas canoas indígenas en su labor de pesca; y Rayen le pregunta: ¿Padre, la gente que vive aquí en la selva, de qué se alimentan? Fray Cristóbal le explica, ellos pescan, cazan y también siembran, y con eso siempre tienen comida fresca y orgánica, y estas actividades se realizan desde tiempos milenarios, y se practican de generación en generación. ¡Guauuu es increíble! dice Sabrina, creo que mis papás no podrían vivir sin una hamburguesa. ¡jajajajaja! ríen todos.

Con el pasar del día, los jóvenes pudieron observar muchas actividades en la vida de los Pemones, desde cómo preparar la comida, cómo se reúnen para sacarse los piojos de sus cabellos, hasta cómo juegan, bailan y viven una vida feliz. Diego comenta, la verdad estoy muy impresionado y una vez más me convenzo que la vida es simple, y podemos disfrutar de todas las cosas que nos brinda la naturaleza. Sin embargo, nos acostumbramos a vivir en las ciudades, entre concreto, calles, autos y mucha gente, y olvidamos lo extraordinario que es disfrutar de las cosas sencillas con las que siempre ha contado el ser humano desde sus inicios.

Excelente tema, Diego, opinó Fray Cristóbal, pero la verdad es que yo he venido desde tan lejos, desde mi España natal, atendiendo mis votos de abandono de las riquezas materiales para dedicarme a evangelizar, y elegí este lugar porque siempre imaginé que la selva debía ser un lugar maravilloso, donde sus habitantes viven de manera natural y todo se los suministra la madre naturaleza, y no me equivoqué, realmente estoy enamorado de esta tierra bendita. Sabrina le contesta, Fray la verdad nunca antes conocí a un religioso que tuviera esta misión como forma de vida, siempre pensé que los sacerdotes practicaban su religión en iglesias, en donde disponían de todo lo necesario, y la gente asistía y colaboraba con la iglesia. Diego en su comentario, aclaró, yo si sabía sobre los frailes pero pensé que esa práctica se realizaba en el pasado, no en la actualidad; y Rayen dice, la verdad yo pensé siempre que los curas eran todos iguales, ¡Jajajajajajaja! ¡jajajajajajjajaja!, vosotros sí que me habéis hecho reír, chavales, dijo Fray Cristóbal. Debo explicarles, para que puedan entender mejor, cual es nuestro trabajo y qué hacemos cada una de las diferentes órdenes católicas.

Saben ustedes que los Pemones originalmente son un grupo indígena que no cree en un Dios único, creen en demonios y dioses de la naturaleza, y esto los ha mantenido inmersos en falsas creencias. Pues en ese ambiente es donde está mi trabajo, en lograr evangelizar a través de la palabra de Dios, con nuestra Biblia, para que así conozcan a Jesús y sus enseñanzas como hijo de Dios. Al principio ha sido un poco difícil, ya que son muchos años de esta cultura, sin embargo el quedarme aquí con ellos, el compartir juntos, y además mi entrega a la educación religiosa, ha hecho que ellos entiendan que hay otras cosas fuera de su mundo, y que solo venimos a ayudarlos. Nada aquí es obligatorio, solo asiste el que quiere aprender, porque no solo enseñamos religión, sino a leer y escribir y también materias como matemáticas y sexología.

Entiendo Fray Cristóbal, contestó Diego, realmente es una gran labor y para ello tiene que haber mucho amor por lo que hacen, y por la gente. Claaaro, hombre, esto es una vocación y un llamado a servir, dice Fray Cristóbal. Ahora quisiera poder hablarles de la diferencia entre nosotros los religiosos católicos, para que vosotros podáis estar muy claros sobre estos pormenores. Me encantaría Fray, responde Diego, pero solo tengo una duda: "¿Por qué usted dice que son falsas creencias, no cree usted que en el fondo estas personas están protegidas por Dios, cualquiera que sea su concepto de él?". Si claro Diego, entiendo tu duda, pero creo que os debéis estudiar teología para poder entender un poco más. Con todo respeto Fray, pienso que se trata de respetar las creencias de las personas para evitar choques y malos entendidos, como los que ya existen en el planeta producto de las diferentes religiones, donde todas quieren ser dueñas de la verdad.

Joven Diego, se ve que tienes un excelente criterio, aunque no lo comparta del todo contigo. La idea es que podamos ayudar a esta gran comunidad indígena, desde el punto de vista humano y comunitario. Fray, mi intensión en ningún momento era crear una incomodidad, así que discúlpeme. No Diego, por el contrario, todos debemos respetar la forma de pensar del prójimo y nunca obligar a nadie a cambiar, al menos que sea desde el amor, como es en nuestro caso, lo hacemos desde el amor a Cristo. Fray tiene usted mucha razón, eso mismo es lo que yo pienso, lograr cambios desde la armonía y el amor, porque es la mejor forma de estar en paz con Dios y con uno mismo.

Saben ustedes que todos los que profesamos la palabra de Dios en el cristianismo tenemos un objetivo en común:" estudiar y difundir la palabra de Jesús Cristo como hijo de Dios, por eso cada uno es llamado a servir de manera diferente". Los sacerdotes somos los que poseemos la orden sacerdotal, eso significa que podemos dar misas, confesar, dar eucaristías y cultivamos la palabra del Señor dentro de nuestras parroquias. La mayoría de los sacerdotes desarrollan una gran tarea con las comunidades, en lo social y en lo espiritual, pero también hay sacerdotes como yo que tomamos los votos de extrema pobreza y decidimos ser frailes, por igual hacemos nuestra labor sacerdotal, pero en comunidades de poco acceso, donde no llega mucha gente, y también realizamos actividades sociales, dedicadas tanto a la educación como a otras formas de vida familiar. Por último, nuestros hermanos los monjes, ellos se enclaustran en sus monasterios y dedican su vida a la oración, a vivir una vida sin bienes materiales y lo que la gente pueda ofrecerles de colaboración al igual que a los Frailes, aunque hay monasterios donde se realizan actividades agrícolas, y sus excedentes son vendidos en mercados populares para ayudar en la manutención del monasterio. Increíble Fray, agregó Rayen, la verdad nunca me imaginé que habían diferencias además de la manera que visten cada uno de ustedes, ¡jajajajaja¡ claro Rayen lo sé, por eso os he explicado, porque esa es una duda que tienen muchas personas.

El día continuaba, y Diego, Sabrina y Rayen podían disfrutar de ver las diferentes actividades de la tribu, asimismo, pasaron la tarde seleccionando vegetales y jugando con algunos monitos ya domesticados. De pronto Sabrina había desaparecido, y los chicos la buscaban; al final en una pequeña churuata se encontraba Sabrina, aprendiendo a tejer chinchorros, junto a una de las ancianas de la tribu que le enseñaba como hilar para hacer su propio chinchorro para dormir. Sabrina muy contenta, les contó, muchachos ha sido extraordinario, nunca me imaginé aprender a hacer algo productivo con mis manos, además de escribir en mi teléfono y en la computadora, ¡jajajajaja! rieron todos.

Ya cayendo la noche empieza toda la tribu a reunirse frente a la hoguera que está al aire libre. Fray Cristóbal nos indica que deberíamos ir a la churuata a ponernos cómodos, ya que hemos sido invitados a un baile. Entonces Diego, Sabrina y Rayen fueron a cambiarse de ropa, y a su regreso a la celebración uno de los Pemones anfitriones los invitó a sentarse. Les ofrecieron una bebida fermentada a base de maíz, la cual era muy fuerte, pero debían probarla por ser parte del ritual para los invitados. De inmediato comienza un baile junto a la fogata, y Rayen le pregunta a Fray "disculpe" ¿qué significa este baile?, y Fray Cristóbal les explica a todos, esta danza es llamada Amanauk en donde se invita a los huéspedes a participar; en ese momento se levanta una joven y los lleva hacia la fogata, y les dice ahora deben hacer los movimientos como los estamos haciendo nosotros. Sabrina, sorprendida, pregunta: ¿para qué es este baile? la chica Pemón le contesta, esta ceremonia es en honor a ustedes, porque estamos muy agradecidos de esta visita. Y así estuvieron disfrutando de la hermosa velada hasta que llegó la hora de dormir. Se fueron caminando hasta la churuata, y Sabrina preguntó: ¿vamos a abrir nuestras tiendas de campaña?, y Diego le dice no, vamos a dormir en chinchorro. Sabrina se empezó a reír pues nunca había dormido en una red, y pensaba que podía caerse; todos bromearon hasta que se quedaron dormidos.

A la mañana siguiente, de nuevo el olor a rico café recién colado los hizo levantar. Una anciana Pemón les dio los buenos días, buenos días respondieron los chicos. El desayuno está listo, hay casabe, huevos y leche de cabra; ¡Guauuuu! suena genial, dice Sabrina, y Rayen contesta tengo tanta hambre que me comería una vaca. La anciana le advierte: debe ir hasta la ciudad, porque por aquí no va a encontrar vacas. ¡jajajjajajaja! es un decir, comenta Rayen, rieron y disfrutaron de ese rico desayuno.

Bueno, llegó la hora de partir, dice Diego; a usted, Fray Cristóbal, y a toda la tribu muchas gracias por estos momentos tan espectaculares, todo quedo grabado, en nuestra cámara y en nuestros corazones. Si, expresó Sabrina, es una experiencia que jamás olvidaré, mientras Rayen, dijo, lo que más disfruté fue la comida. Y rieron de nuevo. Fray Cristóbal, expresó, vayan con Dios y que disfruten el viaje." Dios los Bendiga".

"Ayer era listo, por eso quería cambiar el mundo. Hoy soy sabio, por eso me cambio a mí mismo."

Rumi

CAPÍTULO 9
UN TERCER ENCUENTRO, INIMAGINABLE

Diego, Sabrina y Rayen salieron muy temprano de la tribu con rumbo al Salto Ángel, caminaron por un sendero muy bonito, donde se veían muchas mariposas de colores y flores de pétalos hermosos a la orilla del río, esa ruta era la que les habían indicado por donde debían andar hasta encontrar la cascada; caminaron por un lapso de 2 horas continuas, iban entretenidos disfrutando el paisaje cuando de repente sienten un ruido fuerte que provenía de más adelante. El ruido era como de una caída de agua y ellos apuraron el paso, cuando de repente levantaron la cabeza y vieron la majestuosidad del Salto Ángel. Diego, exclama, ¡guauuuu! esto es extraordinario, debemos dar gracias a Dios por lo magnífico de este salto de agua. Por su parte, Sabrina expresa: es realmente único, se respira un aire fresco que me relaja aun después de esta larga caminata, y a su vez, Rayen dice, gracias Diego una vez más, a la vida y Papá Dios por haberme dado hoy el regalo más hermoso; que lejos estaba de la felicidad, confundido y equivocado. Definitivamente, la vida es para vivirla con espíritu aventurero para conocer y disfrutar de ella.

Diego le respondió:" Rayen no fui yo, eres tú, yo solo estuve en el momento justo". Lo demás vino porque tú lo quisiste, estas aquí porque tú lo decidiste, así que debo felicitarte por la valentía de querer cambiar y de abrir tu mente a cosas nuevas, pienso que es ahora cuando vas a vivir la vida que siempre soñaste.

Sabrina, preguntó, ¿qué tan alta es esta catarata, Diego?, Rayen se apresura en responder, casi un kilómetro de alto, según recuerdo de la clase de geografía, cierto Diego. Si Rayen, efectivamente, 979 metros de altura, el salto de agua más alto del mundo, que cae desde la cima del Auyán-tepuy, y es patrimonio cultural de la humanidad. ¿Qué significa eso? pregunta de nuevo Sabrina, y Diego le responde este sitio es un área protegida, dentro del parque nacional Canaima, y pertenece a toda la humanidad. Sabrina, sabes que el nombre de esta catarata lo recibió en honor a un paisano tuyo, ¡jajajajajaja! paisano, ¿qué significa eso?, un compatriota tuyo. Cierto ¿de verdad Diego?, si claro, él fue quien la descubrió oficialmente y la dio a conocer al resto del mundo; era un piloto norteamericano llamado Jimmy Ángel, quien, junto a otro piloto y un científico venezolano de origen alemán, decidieron sobrevolarla e incluso aterrizaron arriba en el Auyan-tepuy, pero no pudieron bajar en el avión, y lo hicieron caminando. No fue sino 30 años después que pudieron bajar en el avión; sin embargo, un par de años después, una vez lograda tal hazaña, el gobierno nacional decidió llamar "Salto Ángel" a esta caída de agua, la más alta del mundo, en honor al piloto que la descubrió, sobrevoló, aterrizó y la dio a conocer. Realmente tenía que ser un gran piloto y muy arriesgado para hacer lo que hizo, comenta Rayen. Ahora con la hermosa vista del Salto Ángel, los chicos estaban muy contentos y además sorprendidos de la importancia que representaba esta majestuosa obra natural en la medida que se acercaban a la catarata.

Rayen iba adelante, y comienza hacerles señas a Diego y Sabrina para que vieran hacia la izquierda, donde habían unas grandes rocas y también unas piedras de cuarzo, que emergían de la tierra, lo cual era algo jamás visto por ninguno de ellos. No eran las piedras lo que Rayen señalaba, sino que muy cerca de allí había un hombre con una bata blanca con naranja, de abundante barba, que hacia un cántico frente a una pequeña fogata. El señor tenia rasgos de raza hindú, pero decidieron acercarse con cautela para no interrumpirlo, después de escucharle y ver que usaba un instrumento de metal para quemarlo junto al fuego, se dieron cuenta que estaba haciendo un ritual y decidieron esperar para hablarle, pues parecía muy extraño que lo hiciese tan cerca del Salto Ángel.

Después de un cierto tiempo, Diego se acercó y saludó al hombre, y le dio los buenos días. El señor le contestó "buenos días" en un mal español y preguntó ustedes: ¿hablan inglés?, a lo que Sabrina y Diego, contestaron, si nosotros hablamos inglés.

Por favor disculpen, pero realmente no hablo español, sean bienvenidos y los invito a pasar un rato agradable, ¿desean una taza de té?, pregunta el hombre en perfecto inglés, aunque con un acento muy de la India. De inmediato, los chicos contestaron: sí, por supuesto, y muchas gracias. Le preguntaron por su nombre y el hombre contesta "Djaimini" ¿y ustedes?, bueno, yo soy Sabrina y soy norteamericana, y ellos son mis amigos venezolanos, Diego y Rayen. Pero usted ¿de dónde es?, el señor amablemente contestó: "de la India", mientras les servía una rica taza con té de hierbas.

Disculpe nuestra curiosidad, dice Diego, hemos visto que quemaba algo junto a la fogata, a lo que Djaimini contestó sí claro, eso es excremento de vaca seco y trigo, que, junto a un cántico, le damos agradecimiento al sol todos los días, vivificante que nosotros llamamos Savite. Para nosotros es muy importante agradecer por todo lo que aprendemos todos los días. A todas estas Sabrina le traducía algunas cosas a Rayen para que pudiera comprender lo que aquel hombre de aspecto extraño les comunicaba.

Diego continúa hablándole y buscando algunas respuestas; disculpe, ¿qué religión practica usted?, Djaimini le respondió, soy un Brahmán, ¿y qué es eso? pregunta Rayen, pero Diego le contesta: un sacerdote de una religión importante de la India, esto parece muy interesante.

Si chicos, nuestra religión es el hinduismo con más de 3000 años de antigüedad, y estamos enfocados en la naturaleza, pues nuestros dioses están representados por fenómenos naturales y objetos celestes. Por eso me ven haciendo esta ofrenda matutina, la cual debo también realizar al caer la tarde, y este es un lugar perfecto para efectuarlo, hay mucha paz y mucha energía que emana de la fuente de agua divina. Sabrina afirma, esto me parece increíble, pues nunca tuve la oportunidad de conocer a alguien que practicara una religión de la India, y comenta Djaimini, que bueno que pudimos conocernos, pues ya podrás contarle algo más a tus nietos, y así todos rieron.

Djaimini continúa explicándoles, nuestra religión proviene de los Vedas, libros sagrados que nos dieron la base a nuestros conocimientos y por ello adoptamos esta forma de vivir, enfocada en la filosofía y el estudio del hombre en todo su ser, materia que seguimos cultivando, no solo en la India. Eso suena bastante profundo, dice Rayen; Djaimini responde, ciertamente es profundo, pero con el tiempo aprendes a ver la vida desde varios puntos de vista. Ciertamente, expresa Diego, sé que los que practican el hinduismo respetan la naturaleza, y las vacas son animales sagrados para ustedes.

Sí, efectivamente, dice Djaimini, para nosotros las vacas son un símbolo de vida, su leche es fuente de alimento y hasta su estiércol seco es usado para hacer fuego, así como para diferentes rituales religiosos. Esta costumbre es milenaria, por eso que en muchos hogares en la india la gente tiene su vaca como un integrante más de la familia. Sabrina señala, no puede ser y donde yo vivo lo único que piensan es en comerlas.

Dígame algo, señor Djaimini, que hace usted tan lejos de su país. Bueno, chicos, es una larga historia, como Brahmán debo realizar rituales, además de la purificación de la madre tierra. He sido conducido a este hermoso lugar, ya que aquí la naturaleza está expuesta en su máximo esplendor. Asimismo, sus aguas, animales salvajes y sus plantas hacen de este lugar un sitio mágico, desde donde puedo meditar y entrar en contacto con los dioses y pedir purificación para todo el planeta, puesto que ese es uno de mis propósitos como Brahmán.

Entiendo, dijo Diego, por eso ha decidido instalarse cerca de estas bellas piedras de cuarzo, que como les había mencionado a mis amigos poseen una energía especial que ayuda a la sanación y armonización del ser. Así es amigo Diego, las piedras de cuarzo nos ofrecen claridad mental, nos permiten canalizar la energía del universo, por algo es llamada la Piedra Universal. La verdad estar cerca de ellas me permite amplificar el alcance de mi ritual y llegar aún más lejos. Increíble, afirmó Diego, imaginé que este viaje me permitiría verlas en su estado natural y conocerlas mejor.

Dijaimini le manifestó, he venido a este lugar, igualmente, a aprender de los chamanes, ya que ellos tienen un gran conocimiento en materia medicinal con hierbas y plantas, y de los indios nativos, ya que ellos al igual que nosotros, adoramos, respetamos y protegemos todos los elementos de la naturaleza.

Es increíble, dice Diego, viajar al otro lado del mundo para cumplir una misión personal, además de buscar aprender de otros, sin importar su formación religiosa, es algo digno de admirar. Realmente prefiero que no me admiren, solo sería mi deseo que ustedes puedan encontrar su propósito en esta tierra y trabajen para realizarlo, así como también aprendan a respetar a otros sin importar su condición; total todos somos hermanos e hijos del mismo padre. Muy bien dicho, dice Rayen, mientras Sabrina le traducía lo que decía aquel hombre sabio.

Las horas seguían pasando y Sabrina, Rayen y Diego estaban muy entusiasmados hablando con el Brahmán, y de fondo se oía el cantar de los pájaros y el sonido del agua al caer, lo cual hacía de ese lugar un paraíso terrenal.

Comenta el Señor Djaimini, los Vedas son la fuente de nuestras enseñanzas, durante centenares de años se pasó la informacion de generación en generación, solo trasmitida de boca en boca. No fue sino hasta el siglo V cuando se logró escribir toda esa información, convirtiéndose asi en los libros sagrados de nuestra religion. Sabrina dice, de nuevo, estoy sorprendida ¿Cómo durante tanto tiempo se pasó la información sin que la misma se haya perdido?, y Diego le responde "con mucha disciplina, Sabrina".

Los practicantes de las artes védicas han sido gente muy dedicada e inspirada; así es mi amiga, amplía el Brahmán, nosotros tomamos muy en serio nuestra formación y nuestra religión, pero sabemos que no estamos en el planeta solo para nacer, crecer, desarrollarnos y morir, sino vamos un poco más allá, deseamos dejar un pequeño legado en el despertar de la conciencia de quienes nos escuchan, ese es el propósito de cualquier Brahmán.

Durante la conversación, Diego opinó, sé que los textos Vedas son de una temática religiosa y filosófica, y también sé que hay grandes autores de occidente estudiándolos y comparándolos con pensamientos y teorías del campo psicológico, sobre todo en el área de inteligencia emocional. Y han descubierto que muchos pensamientos y principios desarrollados durante el siglo XX, ya habían sido tratados por los Vedas siglos atrás.

Realmente me sorprendes Diego, dice Djiamini, no mucha gente conoce de ese tema y por lo tanto debo agregar que los Vedas investigaban el cuerpo humano y sus diferentes funciones biológicas, pues muchas de sus teorías están siendo estudiadas por la medicina moderna. Rayen, comenta, es mucha información para mi cabeza, ¡jajajajajajaja!, ríen todos. Por su parte, Sabrina expresó, es maravilloso el contar con maestros como ustedes, y el Brahmán le contesta que no existe la casualidad, nosotros debiamos conocernos en este lugar, ya que teníamos información que debíamos intercambiar, la cual será de nuestra utilidad más adelante para nuestra evolución.

El señor Djaimini les dice, chicos llegó la hora de realizar mi ritual al sol, ya que está cayendo la tarde, ¿les gustaría participar? solo serán unos minutos. Claaarooo responden todos. Para empezar, yo preparo el incienso y ustedes se sientan en el piso alrededor de la fogata con las piernas cruzadas y sus manos juntas a la altura del abdomen, luego yo voy a repetir unas frases y ustedes me ayudarán con sus pensamientos; necesito que se enfoquen en cosas positivas, damos gracias al creador maestro sol y vamos imaginando lagos, mares y ríos limpios, pensemos en animales salvajes y domésticos sanos y bien cuidados, pensemos en un cielo lindo lleno de nubes y en un sol que brilla en el día. Estas imágenes en sus mentes se convierten en vibraciones positivas, que llegan a la madre tierra y refuerzan el trabajo de mucha gente que trabaja por el planeta de maneras diferentes. Así continuaron y cantaron el mantra Anaye Suaja, y quemaron el incienso hasta culminar el ritual.

Rayen comenta, esto es grandioso, por primera vez sentía que mis oraciones eran escuchadas. Realmente, Diego reconoce, esto es algo inimaginable, cómo se genera un campo de energía positiva alrededor nuestro, y Sabrina confiesa que le sucedieron cosas que no logro entender, sin embargo, la sensación es la misma de ustedes, agregó, muchas gracias por esta invitación.

En eso Diego dice, ok chicos no le quitemos mas tiempo al Sr. Djaimini, el tiene sus asuntos y nosotros queremos llegar abajo donde cae el agua del Salto Ángel. El Sr. Djaimini pregunta: ¿Qué paso, ya se van? y Diego le responde sí, queremos pasar la noche cerca de la caída de agua, la conversación con usted está muy buena pero debemos acampar. El Sr. Djaimini les recuerda, yo estaré por aquí varios días, si queréis visitarme de nuevo, los esperaré con ansias.

Los chicos continuaron caminando, y en la medida que se acercaban, una brisa fresca de agua les mojaba ligeramente. Diego se detuvo y les dice, muchachos suelten las cosas, cierren sus ojos y repiren profundamente, esto es una sensación única, la naturaleza nos da la bienvenida para darnos a conocer a uno de sus hijos, El Salto Ángel. Sientan la brisa fría, respiren aire puro, traten de no pensar en nada y solo sientan esta experiencia. Por unos minutos disfrutaron de esa magnífica sensación, luego Diego les dijo, bueno chicos sigamos adelante y busquemos un lugar donde no nos mojemos para colocar nuestras tiendas de acampar.

Ya caída la noche, se reunieron alrededor de una pequeña fogata para conversar y comentar ese encuentro que los había dejado perplejos, pues conocer a alguien de tan lejos, que con sus rituales y su buena vibración busca la purificacion del planeta, es algo que no se ve todos los días.

Diego les expresa, si todo el mundo se dedicara a aportar un granito de arena por la tierra y por la humanidad, estoy seguro no hubiesen tantas guerras y tantas diferencias, étnicas, religiosas ni de otras índoles. Rayen reconoce, es cierto, ¿Por qué será que la gente se encierra en sus problemas, no quieren ver más allá de sus narices, y de como resolverlos? Sabrina, por su parte, dijo, creo que tiene que ver mucho con el entorno que les rodea, se acostumbran a un estilo de vida y después no quieren salir de él. Eso es correcto, afirmó Diego, en mi opinión, las personas se crean sus hábitos en función de sus logros y una vez que van consiguiendo lo que desean o lo que les complace, no hacen más nada que caer en una rutina, esto les da un confort el cual disfrutan todos los días, sin darse cuenta que eso también es un cultivo para enfermedades como el Alzhéimer, donde la gente se acostumbra a una rutina, y lo demás lo van olvidando. De verdad, advierte Rayen, eso no lo sabía. Sí, dice Diego con franqueza, por eso es tan importante cambiar de hábitos, salir, conocer gente, relacionarse con personas y estar en un aprendizaje continuo, pues esto ayuda a que nuestra mente se mantenga ocupada y busquemos cambiar cada vez las cosas que nos inquietan.

La conversación de hoy me ha dejado una gran enseñanza, comenta Sabrina, y estoy aprendiendo en este viaje lo que no había aprendido en todos los años que fui a la escuela. Es magnífico conocer personas con formaciones distintas, y estos pueden darte grandes lecciones. Así es querida amiga, es bueno entender que la informacion está allí, tomemos lo que nos gusta y compartámoslo. Eso nos abrirá un campo en la sabiduría cotidiana, y a su vez nos permitirá conectarnos más con nuestro "yo" interior, que es quien expresa nuestro nivel de conciencia.

Ok jóvenes, es hora de dormir, mañana será otro gran día. Que descansen, dice Diego, todos responden, así será.

"Las luces del Cielo serán rojas, azules y verdes, y veloces. Crecerán. Alguien viene de lejos. Quiere conocer a los hombres de la tierra. Ya han habido encuentros. Pero quien vio realmente ha guardado silencio."

Papa Juan XXIII

CAPÍTULO 10
UN ENCUENTRO FUERA DE ESTE MUNDO

A la mañana siguiente todos se levantan y caminan por los alrededores de la caída de agua, y luego observaron a poca distancia al señor Djaimini, el cual tomaba un baño con su ropa y hacía de nuevo un ritual con un canto religioso, diferente al que ellos habían escuchado anteriormente. Se apresuraron a llegar también para participar, y le dieron los buenos días. El señor Djaimini no contestó, pero les hizo el gesto de que entraran al agua, la cual les llegaba a las rodillas; allí tomaron entre sus manos agua de la cascada, y la vaciaban en su cabeza. En eso, Djaimini hizo una pausa y les dijo, por favor piensen que esta agua limpia su cuerpo y, a su vez, limpia a sus seres queridos y al planeta entero, enfóquense en el amor, sientan amor por todo y díganse así mismo: "soy hijo de los Dioses, soy hijo de la naturaleza, limpio mi cuerpo como canal de energía para que mi planeta se sane".

Al salir del agua sintieron, igual que el día anterior, una sensación de que estaban recargados con una energía que recorría su cuerpo, y con ganas de seguir caminando y conociendo la Gran Sabana.

Al terminar, desayunaron y fueron a despedirse del señor Djaimini, pero ya no estaba, parece que se había ido, así que siguieron caminando y comentando. Vaya comienzo de día, una experiencia más en este espectacular viaje, comenta Rayen. Sabrina dice, sí, siento que nos esperan aún otras cosas interesantes por conocer. Diego respondió, adelante por aquí bordeando la catarata hay un lindo sendero, veamos a dónde nos lleva.

La verdad que este sendero se ve sumamente limpio, parece que lo protegieran para que los turistas puedan caminar bien. Rayen, de inmediato expresó, miren allá adelante hay un mirador, ¡Guauuuu! que vista tan linda, se ve la Sabana completa y los Tepuyes como montañas misteriosas. Diego, por su parte señaló, desde esta perspectiva este puesto está perfecto para tomar fotografías y filmar el Salto Ángel. Todos comenzaron a tomar fotos y disfrutar de los árboles, los ríos y toda la naturaleza que se lograba ver desde ese punto. Allí, mientras descansaban y admiraban las vistas, tomaron una taza de café y comieron algunas galletas; De repente llegaron hasta el lugar cuatro personas, dos parejas no tan jóvenes, que estaban de excursión y empezaron a conversar.

Hola, dijo Rayen, saludos estos son mis amigos, Diego y Sabrina, y yo soy Rayen. Hola encantado, dice uno de los señores. Nosotros somos Omer y mi esposa Iris, y ellos son Sixto y su esposa Luna, venimos desde el Perú para conocer este sitio tan especial, ¿Ustedes de donde vienen? Diego contesta, nosotros somos venezolanos y Sabrina es norteamericana, y que bueno que pasen a conocer esta maravilla, realmente un gusto tenerlos en nuestro país, indicó Diego. Les invitamos a una taza de café, a lo cual contestaron: ¡por supuesto! y se sentaron a conversar.

¿Qué los trae por acá? dice Omer a Diego. La verdad es que queremos aventuras y conocer este hermoso lugar, que a pesar de estar en nuestra tierra no habíamos tenido la dicha de visitar, y vaya que ha sido una experiencia maravillosa. Hemos conocido gente que nos ha enseñado muchas cosas que desconocíamos. Y ustedes, ¿qué tal, qué los trae desde tan lejos? Somos ufólogos, afirmó Sixto, ¿Ufo qué? comenta Rayen. Los Ufólogos somos investigadores de los fenómenos ovni; Ah ok. Claro y ríe Rayen, la verdad no entendí nada. Iris, respondió, tranquilo Rayen no eres ni el primero, ni el último que no conoce algo de ovnis. Menos mal, no sé de qué hablan ¡ jajajajaja! ríe de nuevo Rayen.

La verdad, explica Omer, estamos aquí porque sabemos que en estas tierras se ven muchos objetos voladores no identificados desde lejos, y queríamos comprobarlo. Cree usted que puede explicarnos sobre estas presencias no conocidas, porque la verdad no entiendo mucho, dice Sabrina. Por su puesto, pongámonos cómodos, ya que el tema es largo.

Explicó Omer, hace unos 25 años atrás yo tuve una experiencia increíble, ya que me encontraba barriendo el patio de mi casa, cuando vi a lo lejos un objeto que volaba y este tenía forma de platillo, pero no podía entenderlo; mientras lo miraba, el extraño objeto se fue acercando a mí, hasta que estuvo arriba de mi cabeza y yo no lograba entender nada. Se apareció cómo una nave espacial en forma de platillo, y de la misma se veían luces de colores en su borde inferior, yo casi caigo desmayado, porque nunca había pasado por una experiencia como esa. Pero pasados algunos segundos reaccioné y entré en pánico, en ese momento la nave se esfumo. Es así como les digo, en menos de 3 segundos ya no estaba en el lugar, simplemente, salió como un haz de luz y desapareció en el cielo.

De inmediato, entré a la casa y le comenté a Iris lo que me había sucedido. Por supuesto, ella pensó que bromeaba hasta que me vio pálido por la impresión de mí rostro. Disculpa Omer, me imagino que te asustaste mucho. Rayen, reaccionó, claro hermano imagínate que algo en lo que tú no crees, de repente se presenta ante tus ojos y se mantiene fijo como para que te des cuenta que está allí, y de repente ya no está, fue un gran susto.

De allí en adelante empecé a investigar. Dos días después se publicó en el diario de mi ciudad, que habían visto varias personas luces en el cielo y se lo mostró a Iris, y le dijo, Ahora si me crees, ¿verdad? Dentro de mis investigaciones conocí a Sixto, quien también curiosamente ese día vivió una experiencia igual a la mía, pese a que él vive al otro extremo de la ciudad. Estábamos muy alejados, pero ambos vimos el platillo volador, procedente de otro planeta. De allí nació una gran amistad, y por supuesto, continuamos investigando.

La verdad es muy difícil de creer lo que ustedes vivieron, dijo Sabrina, y por favor les pido no se ofendan, pero eso normalmente no le ocurre a muchas personas y también es un testimonio tabú, pues normalmente quien habla sobre eso lo tildan de loco. Eso es cierto, expresó Sixto y continuó, si me permiten voy a exponerles algo sobre el tema: ¿ustedes realmente creen que, en un universo tan grande, donde hay miles de galaxias y planetas, seamos nosotros los únicos habitantes? Pregunto eso porque es el punto de partida de nuestras investigaciones y cada vez han sido más serias. Desde hace mucho dejaron de ser simples anotaciones y fotos, para convertirse en pruebas fehacientes de la existencia de seres de otros planetas, visitando la tierra.

A ver cuéntanos más, se interesó Diego. El tema ovni ha dejado de ser un argumento tabú, ya que hubo mucha información y testimonios que mantuvieron ocultos algunos gobiernos, y ahora han salido a la luz pública, donde videos y fotografías han sido examinadas por expertos y han confirmado que sí son naves espaciales u ovnis, como les quieran decir, los que surcan nuestros cielos.

Diego les expresó, amigos que bendición conocerles, porque de verdad es muy interesante el asunto; creo que pudiéramos acampar juntos y así prepararnos para tener una conversación profunda sobre esta evidencia tan fascinante.

Enseguida, todos se pusieron a armar sus carpas, y Sixto continuaba tomando fotografías, hasta que todos estuvimos listos para almorzar. Comimos unos ricos emparedados que compartimos y pudimos conocer mejor a esta linda gente.

A ver Sixto, explícales a los chicos algunas de nuestras experiencias directas con el fenómeno ovni. Claro Omer, bueno chicos en una oportunidad salimos a acampar los cuatro hace más de 15 años y estábamos en una zona semidesértica en el Perú, compartíamos frente a la fogata, cuando de repente los cuatro fuimos encandilados por unas luces que venían del cielo, nos quedamos anonadados, puesto que era lo que estábamos buscando, repetir la experiencia de hacía un tiempo; y ahora nuestras esposas podrían compartir con nosotros ese momento.

Caramba, se quedaron todos calladitos, ¡jajajajjaja! rieron. Rayen le manifiesta, por favor continúa, porque parece que estuviéramos en el cine, ¡jajajajaja!. Ok Rayen, las luces bajaron su intensidad y la nave espacial se acercó bastante a donde estábamos nosotros. De un haz de luz se proyectó un ser que nos habló en castellano y nos dijo: "no temáis, mi nombre es Kier, soy el comandante de esta nave y desde hace algún tiempo les he tratado de contactar". La verdad chicos, no trasmitía miedo, al contrario, sentíamos una sensación de paz ante su presencia; y nos dijo: "tengo un mensaje para ustedes, somos de un lugar llamado Las Pléyades, un conjunto de estrellas aquí en la vía láctea, y de donde su sol es parte del sistema, en el que todos giran alrededor de Alción, la estrella más grande de las 8 que las constituyen, por eso venimos con frecuencia a la tierra, pues es parte de nuestro trabajo.

¡Guauuuuu!, de verdad pudieron hablarle, exclamó Sabrina. Sí Sabrina, así fue, no pretendo de verdad que creas que venimos del Perú a Venezuela para engañarles. No, por favor discúlpeme, solo que es mucha información para mí, y no estoy acostumbrada a estos relatos de seres extraterrestres, pero por supuesto que les creo; al contrario, continúe por favor. En ese momento la Sra. Luna se dirige al grupo, señalando, quisiéramos trasmitirles estas experiencias, porque vemos en ustedes una curiosidad que se transforma en conexión, y por eso quisiéramos compartir esta información con ustedes ya que probablemente vaya a servirles para el futuro, pues nada es casual. Los chicos se miraron y pidieron que por favor que continuaran.

En ese momento Omer hace una aclaratoria, quiero que sepan que, en los años siguientes, después del primer encuentro, nosotros seguíamos buscando información que relacionara el fenómeno ovni con eventos que habían sucedido en diferentes lugares del planeta. Eso nos llevó a visitar México, Chile, Argentina, Inglaterra, entre otros muchos sitios, donde íbamos recogiendo notas cronológicas para compararlas con otras. Disculpa Sixto que te interrumpiera, continua por favor.

Este ser llamado Kier solo pudo materializarse por unos instantes, sin embargo, su mensaje llegó muy claro cuando dijo: "Soy el comandante científico de la misión Tierra, vengo en nombre de nuestro hermano mayor SAO, quien es nuestro guía para traerles una información muy importante. El planeta tierra está entrando en una nueva era de cambios para los cuales la humanidad debe prepararse, y ustedes son las personas para hacer conocer esta información, junto con otros hermanos de Venezuela y de otros países. Los estaremos contactando más adelante; por favor no tengan miedo, pues nuestra única intención es ayudar al planeta y a todos los seres humano, quienes son nuestros hermanos menores y requieren de nuestra asistencia". De verdad todo me parece increíble, dice Diego, yo había estado investigando algo de esta información, pues pertenezco a un grupo en Maracaibo llamado Fundación Sao, quienes tienen muchos años estudiando estos fenómenos, e incluso uno de sus fundadores era un receptor de mensajes de estos seres que llamamos hermanos mayores. De vez en cuando recibían comunicación sobre reuniones grupales para meditar por el planeta, y cuando realizábamos estas meditaciones, realmente se sentía una energía extraordinaria que recorría nuestros cuerpos, e incluso en el lugar donde estábamos reunidos. Yo poco comento al respecto, pues no todo el mundo tiene mente abierta para comprenderlo.

Así es Diego, sin embargo, te comento que cada vez aparecen más noticias disponibles en la redes sociales, y ahora hay también muchos grupos estudiando el fenómeno, de hecho vemos hasta programas por televisión, que investigan la visita extraterrestre desde siglos atrás, y existen evidencias de instrumentos y útiles descubiertos que pertenecen a estos seres cósmicos, e incluso momias que no tienen ninguna explicación, pues no pertenecen al planeta tierra.

Chicos, continuó Omer, para nosotros es común viajar y conocer personas que de alguna forma se relacionan con el fenómeno ovni, y en este caso Diego es un reflejo de esas experiencias. Sabrina agrega, pero Diego no nos había dicho nada y rieron ¡jajajajaja!. Lo que pasa, respondió Diego, es que no había surgido la oportunidad de hablar de este tema, pero lo que sí puedo decirles es que con el grupo de la Fundación Sao yo aprendí muchísimas cosas que me llevaron al campo de la investigación de muchas revelaciones, en mi afán de abrir mi mente a nuevos conocimientos. Rayen le expresa a Diego, con razón tampoco conocía esa faceta en ti, pero me alegra porque sigues siendo un gran maestro, ya que gracias a tus conocimientos y experiencias nos has enseñado tantas cosas en tan pocos días, que significarían años de estudios para otras personas. Bueno Rayen, muchas gracias, aunque no me considero maestro, al contrario, sigo siendo discípulo porque todos los días aprendemos cosas nuevas, como las que hemos vivido en este tiempo.

Omer reveló, quiero que sepan que estamos aquí porque tenemos información de que se están haciendo varios trabajos de purificación del planeta y nosotros también fuimos convocados a realizar una meditación por la misma causa. Probablemente quieran ustedes participar también, a lo cual Diego le contesta de inmediato, sí claro cuenten conmigo, y Rayen dice igualmente conmigo, y Sabrina responde yo también, pero no tengo ni idea de que hacer al respecto. La señora Iris le dice: "Tranquila, meditar es solo sentarse cómodos, despejar sus mentes, respirar poco a poco hasta relajarse y luego entrar en conexión con quien dirija la meditación".

Me parece fácil, afirma Sabrina, la señora Luna le contesta claro que lo es, este es un buen momento para comenzar. Bueno Sixto, creo que serás tú quien dirijirá la meditación, pues estás en un lugar excelente y todos estamos a tu alrededor. Está bien, comencemos entonces. Por favor muchachos, si sienten experiencias que antes no han vivido no teman, pues habrá un intercambio de energía con la madre tierra y nuestros canales, que son nuestros hermanos mayores.

Se van a sentar cómodamente, crucen sus piernas en la pose de flor de loto y relájense, cierren sus ojos suavemente, escuchen solo mi voz y su respiración. La respiración la haremos suave y sostenida, tratemos de dejar que nuestros pensamientos fluyan. No luchemos contra ellos, poco a poco sentimos que nuestras piernas y brazos están muy pesados, al mismo tiempo que nuestra espalda y cabeza están muy relajadas, continuamos respirando, cada vez estamos más cómodos y sentimos que los que nos rodea es una luz de color violeta. En este momento, ese haz de luz nos envuelve a cada uno y a todos, y continuamos respirando profundamente, este rayo de luz nos recorre todo nuestro ser, llegando a cada punto de energía o shakra de nuestro cuerpo, para armonizarlo y sentirnos cada vez más relajados.

En este momento sentimos que estamos rodeados por animales y árboles, que pueden sentirnos y ver nuestro reflejo de luz, ellos también se ven envueltos en esa hermosa energía; entre todos decimos, mentalmente, mientras respiramos profundamente, nosotros aquí y en este momento pedimos el permiso para emitir energía positiva de amor y cambio, a través de esta reunión, donde todos expresamos el amor por el planeta, por las plantas, animales y todos los seres que convivimos en esta y en otras dimensiones. A través del amor de nuestro creador, declaramos un profundo sentimiento de alegría y felicidad con nuestra Madre Tierra, somos uno con ella, continuamos respirando y mantenemos nuestros pensamientos en la luz, y agradecemos a nuestros hermanos mayores, también presentes hoy, por permitirnos servir de canal para que a través de nuestra energía el planeta pueda limpiarse y sentir todo nuestro apoyo, porque somos parte de la Madre Tierra. Sintamos el aire fresco y la energía que despide este suelo sagrado; ahora, en nombre de nuestro maestro Jesús, pedimos que, a través de su manto de energía cósmica, arrope nuestro planeta, y junto a nuestra humilde potencia de amor logremos cambios para este hermoso lugar que tanto lo necesita.

Ahora, simplemente abramos nuestros ojos lentamente, empezamos por mover nuestra cabeza, de un lado al otro, ahora nuestras extremidades, hasta que vamos entrando de nuevo en conciencia de este plano, y nos sentimos cada vez más tranquilos, relajados y con un sentimiento de amor profundo por el planeta, y por nosotros mismos. Namasté.

Bienvenidos de nuevo, dice Sixto, ¿qué les pareció? Sabrina señaló, esto fue inesperado, fue un viaje a algún lugar donde me sentí como nunca antes, con una sensación de paz increíble. Por su parte, Rayen aclaró, bueno amigos les comento que me era muy difícil conectarme, pues luchaba con mis pensamientos hasta que vi un prisma de luces que me hizo centrarme en ello; era como un juego de luces, y allí empecé a sentirme muy relajado y vi hasta los animalitos alrededor nuestro. Y tú Diego, ¿qué me cuentas hermano?, respondió, en verdad es la primera vez que medito sintiendo una energía externa extraordinaria; sentía como un calor, aunque no me quemaba, estaba a mi lado. En eso Omer comienza a reir ¡jajajajajaja!, claro Diego uno de nuestros hermanos mayores se proyectó hasta acá para ayudarnos a canalizar la energía que emitíamos, y justo estaba a tu lado. ¡jajajaja! con razón, menos mal no abriste los ojos, dice Rayen bromeando. Omer, continuó comentando, esta experiencia con ustedes también nos deja algo muy especial a nosotros cuatro, porque la verdad es la primera vez en este hermoso y mágico lugar que tuvimos la oportunidad de conocer gente maravillosa, con ganas de cambiar el mundo, así sea poniendo su granito de arena.

Bueno chicos, creo que sería muy bonito tomarnos una foto en grupo, a lo mejor los hermanos nos dan una grata sorpresa. Como que sorpresa, pregunta Rayen, no sé, pero siempre nos dejan algo como muestra de que estuvieron aquí. Omer les comunica, creo que ya es hora de acostarnos a dormir, pues mañana debemos levantarnos temprano para regresar. ¡haaa! No amigos, ¿tan pronto se van? Sí, es que debemos ir de aquí a la sierra nevada de Santa Marta, Colombia, pues en ese sitio hay una reunión de chamanes y nos pidieron participar en ella.

De manera afectuosa les dio las gracias, de todos modos, nos levantaremos también temprano para despedirnos. Feliz noche, que descansen, expresó Sixto, a lo cual todos respondieron de igual forma. En la mañana siguiente todos se levantaron muy temprano, apenas salía el sol en el ocaso. Prepararon un poco de café y tomaron unas galletas para desayunar juntos.

Diego le dice a Sixto, quisiera que intercambiáramos nuestros números de teléfono, para así mantenernos en contacto y porque me gustaría poder saber sobre las actividades que ustedes realizan, así como me agradaría tener con ustedes otras experiencias. Claro hermano, de todos modos, nosotros tenemos una página Web, donde hay un blog en el que escribimos constantemente, y nos gustaría que lo visitaran y comentaran sobre esta linda experiencia que vivimos. Por supuesto que sí, afirma Sabrina.

Ya para despedirse, Sixto dice unas palabras de reflexión, muchachos quiero que sepan que los hermanos mayores igualmente agradecen la presencia de ustedes acá, ya que esa energía llegó al planeta en un momento que se necesitaba con mucha premura. Por lo tanto, me dejaron este mensaje para ustedes:

"La amistad, expresada desde el amor, es una fuente inagotable de vibraciones positivas que cambiarán la conciencia de los seres en la tierra, el despertar de dicha conciencia será el eje del cambio y la preparación de todos los seres hacia una nueva dimensión, donde reinará la armonía, el amor, la alegría y felicidad de todos".

Esto me fue comunicado ayer en la noche para ustedes, y son palabras de SAO, el guía espiritual de Las Pléyades. Ok Omer, Iris, Luna y Sixto, muchas gracias por esa información y espero sigamos en contacto para futuros encuentros, agrega Diego; claro que sí, contesta Sixto, gracias a ustedes por tanto amor. Namasté.

Con tristeza, pero con satisfacción, vieron partir a esos viajeros de otro país, los cuales vinieron a traerles mayor aprendizaje, más experiencias y muchas más ganas de vivir.

Entonces, Rayen, Sabrina, pongámonos en marcha, ya debemos comenzar a emprender nuestro regreso. Con sus mochilas en la espalda comenzaron a caminar por un nuevo sendero, rodeado de grandes árboles y de hermosos cánticos de pajaritos, este parecía un coro celestial. En eso Sabrina dice, chicos creo que deben ver esto, se detuvieron un momento, bajaron sus mochilas y ella les mostró la cámara fotográfica. La foto se había tomado con disparador de tiempo para poder salir todos en la fotografía, pero efectivamente y en la parte de atrás de la foto en el cielo podía verse un pequeño platillo volador. En ese momento, Diego comenta, ahora si entendí, esa era la sorpresa de la que hablaban Sixto y Omer. A ver déjame ver, dice Rayen, si es cierto aquí se ve una pequeña nave encima de nosotros. Bueno Sabrina allí tienes una prueba de que viviste un momento donde observaste una nave espacial, un ovni; ya podrás contarles de esta experiencia a tus padres y a tus amigos.

Rayen dice, de verdad Diego si no es porque tú estas con nosotros y conoces del tema, yo hubiera pensado que eran unos locos, ya que en mi vida nunca había conversado de manera seria sobre este tema y menos de sentir lo que sentí durante esa meditación. Si Rayen, la gente prefiere cerrar sus mentes, ya que este tema siempre ha sido un tabú social, pero recuerden que el planeta está cambiando y están saliendo muchas cosas a la luz pública, que tanto gobiernos como la iglesia ya no pueden ocultar. Estas cuatro personas no solo investigan el fenómeno, asimismo asesoran, pues ellos manejan información de primera línea; cuando ellos hablaron de las evidencias naturales que se relacionan con ovnis, existen pruebas, videos donde aparecen ovnis cuando hay terremotos, erupciones volcánicas e incluso tsunamis. El de Japón, en el año 2011, es un ejemplo de ello, cuando la gente pudo observar un ovni mientras el agua entraba de forma agresiva a una de las ciudades, eso se publicó en todos los noticieros del mundo, sin embargo, la gente se hace la vista gorda sobre ese tipo de eventos.

En fin, Rayen y Sabrina, creo que esta nueva experiencia abre un poquito más nuestra mente, nos hace partícipe de acontecimientos que están sucediendo, que no podemos ignorar. Todos los seres humanos estamos llamados a trabajar por un planeta mejor, más limpio y por una humanidad con conciencia y decisión, donde aprendamos a respetarnos los unos a los otros y aprendamos a amarnos como hermanos.

"Creo que el medio ambiente debería ponerse en la categoría de seguridad nacional. La defensa de nuestros recursos es tan importante como la defensa del exterior."

Robert Redford

CAPÍTULO 11
LA FALTA DE CONCIENCIA

El día transcurría sin contratiempos, y Diego, Rayen y Sabrina continuaban su camino, buscando bordear parte del valle para encontrar la vía de regreso donde los habían dejado. Ellos iban conversando y de repente se consiguen a unos individuos que caminaban con machetes en mano, cortando todo lo que veían a su paso.

En ese momento ellos notan que estas personas hablan otro idioma que no es el español, y Diego dice parece que hablan portugués, así es contestó Rayen. En ese instante logran encontrar el sendero, y uno de los individuos les habló en portugués. Diego le contestó alguno habla español, por su puesto todos lo hablamos. Ha ok que bien. Uno de los hombres pregunta: ¿ustedes son turistas?, Rayen responde si señor así es. ¿De dónde?, Diego le hace señas a Sabrina y le confirmó, somos venezolanos los tres, ¿y ustedes?, somos brasileros, aunque trabajamos por semanas en este país. Que bien, pero ¿a qué se dedican?, pregunta Diego, y revelan, somos mineros; extraemos oro y lo vendemos en Brasil. Ok entiendo, replica Diego.

Una pregunta señor, expresa con curiosidad Diego, ¿por qué ustedes van caminando y van cortando todo a su paso?, a lo que el señor le responde, por el peligro de las serpientes; pero nosotros tenemos varios días caminando y no hemos visto ninguna, dice Rayen.

Además, agrega el minero, las matas molestan cuando uno va caminando. Señor, creo que depende como lo vea, si usted viera este hermoso lugar como lo que es, un paraíso natural, creo que no estaría acabando con las plantas. Bueno amigo, le manifiesta nuevamente el minero, lo que pasa es que nosotros vivimos aquí y para nosotros es nuestro entorno, por eso no nos importa su belleza, porque este es simplemente un lugar de trabajo. Comprendo, dice Diego.

En ese momento, otro de los mineros intervino, ¿por qué se preocupan tanto por esta maleza que estamos cortando, no ven que hay muchos arbustos aquí, espacio donde se extienden kilómetros y kilómetros de árboles y plantas de todo tipo? Ok dice Rayen, si, pero recuerde señor si todo el mundo pensara como ustedes, ya ésta sabana no existiera, imagínese que todos los mineros y los indios decidieran cortar todo lo que ven a su paso, ya no existiría la Gran Sabana.

Otro de los mineros lo ratificó, eso es cierto la verdad es que nosotros no pensamos mucho en esas cosas, porque debemos conseguir nuestro sustento por eso vamos al río hacemos nuestras pruebas y vemos si en el sitio hay chance de conseguir oro, pues allí, nos instalamos. Diego le responde, entiendo señores mineros, me imagino que el trabajo que realizan ustedes es para su sustento y el de sus familias, pero deben ver a su alrededor, este lugar espectacular tiene árboles, animales y ríos muy bonitos, los cuales son dañados por lo que ustedes llaman trabajo, pienso que deben tener un poco de conciencia. Hay que cuidar el ambiente, esto es un pulmón natural y sus aguas cristalinas alimentan miles de especies, pero con la tala indiscriminada y el uso de mercurio en zonas protegidas, solo acabaría con este bello lugar en corto tiempo. Si entiendo, dice el minero, pero debemos sobrevivir y esto es lo único que sabemos hacer.

Bueno, afirma el minero, debemos seguir nuestro camino, ya que estamos muy lejos del lugar donde debemos llegar. Diego, antes de despedirse, les dice a los mineros, todo en la naturaleza está vivo, las plantas, el agua y cada vez que atentamos contra ellas no estamos acabando con una vida, sino con muchas vidas. Por favor imagínense que cada vez que usan el machete de manera inconsciente están acabando con un ser vivo, quiero que entren en conciencia y aprendan a ver este mágico y hermoso lugar como lo que es, un santuario de vida y ustedes deben conservarlo, no acabarlo. Muchas gracias, y que tengan un feliz viaje.

Rayen resaltó, pero esa gente no entiende, esos no van a cambiar nunca, y Diego le dice probablemente, pero si no intentas hacer algo también eres cómplice; nuestro deber como seres en busca de conciencia es ayudar a sembrarla, orientar, fomentar, así sea con unas pocas palabras. Tienes razón, reafirma Sabrina, de verdad que tampoco sabía que hay gente destruyendo el planeta de diferentes formas y esta es una manera muy desagradable. Si contaminan los ríos, cortan los árboles y matan los animales, esto con el tiempo se convertirá en tierra árida y toda la vida de la zona se extinguirá, como ha sucedido en otras regiones del planeta. Así es, contesta Diego, esperemos que cada vez haya más información y controles al respecto, para que los países cuiden sus bellezas naturales, que no solo son un ingreso por el turismo, sino además por lo que considero es lo más importante: " Los seres vivos que coexisten en estos lugares, en algunos casos son únicos de ciertas zonas del amazona y quedan muy pocas de estas especies, pues están en peligro de extinción".

Sabrina les informa con datos, saben chicos que en los últimos 100 años se han extinguido más de 120 especies de animales, ¡queeee!, dice Rayen, ¿tantos?, si Rayen, entre rinocerontes, cabras, sapos, leopardos, osos, patos y muchas otras especies. Imagínate que esto sucede por la ignorancia de las personas, que matan de forma indiscriminada a esos pobres animales, y lo peor es que los humanos van a sus hábitats a matarlos, no son ellos los que vienen a los pueblos o a las ciudades. Una vez más vemos que la supremacía del hombre y su ignorancia acaban con el planeta; si no se les enseña, si no se les controla, no contaremos en un futuro cercano con bosques, selvas, playas, ni ningún entorno natural.

Buenos muchachos, cambiemos de tema, hablemos de lo positivo, saben que la zona de la Gran Sabana tiene una rica flora y fauna; hay especies de insectos que solo se han visto aquí, en este lugar, y todavía hay muchas variedades que no han sido descubiertas, porque este es un territorio muy amplio. ¿De verdad?, dice

Sabrina, y Diego le contesta desde luego, aquí hay árboles que crecen hasta 40 metros de altura y esta zona es rica en variedad de flores, especialmente de orquídeas, la cual es la flor nacional venezolana, y en cuanto a animales bueno se consiguen desde monos, jaguares, osos hormigueros, pumas y por su puesto las serpientes, siendo la Boa una de las que más abunda, ¡huuuyyy! qué miedo, advierte Sabrina, les tengo mucho pavor a las serpientes. Tranquila amiga, mientras nos mantengamos cerca de los parajes y los caminos, no hay peligro; ellas al igual que muchos de estos animales salvajes, se mantienen en su hábitat, muy lejos posible de los seres humanos.

Amigos creo que debemos descansar, tenemos muchas horas caminando y me gustaría disfrutar de este lindo paisaje, porque hablar de animales y plantas despiertan mi interés en admirar esta belleza. Decidieron tomar un refrigerio y sentarse a descansar, cuando de pronto oyen unas voces gritando; por allá parece que es el camino que tomaron, pero de repente un grupo de militares venezolanos rodeaba a los muchachos.

Muy buenas tardes, dice un hombre uniformado, que parecía ser el líder, mi nombre es teniente Carvajal, y les pregunta :¿Vieron ustedes pasar por aquí a unos hombres que parecían mineros?, si contesta Rayen, los acabamos de ver hace como 20 minutos, estuvimos hablando con ellos, ¿por qué?, muy bien, caramba, que suerte tienen, esos mineros además de destruir la flora y la fauna del lugar también acostumbran a robar a los turistas, ¿en serio?, no puede ser, aclaró Diego, se veían como trabajadores, aunque estuvimos hablando justamente sobre la labor que ellos hacen y precisamente yo les decía que como era posible que por donde pasaran maltrataran las plantas y mataran a los animalitos del bosque, y ellos nos comentaron que esa es su forma de vida y que en su entorno se sobrevive de esa manera. Si claro, explica el teniente Carvajal, el asunto es que no es posible que un grupo de gente cause tantos problemas y que a su vez destruya nuestro patrimonio nacional.

Por tal motivo, nosotros los perseguimos y les damos su escarmiento; sin embargo, les comento, estas personas extranjeras que realizan actos vandálicos en nuestro país deben ser sancionadas, porque si no, con el tiempo estaremos todos afectados con ríos contaminados y animales y plantas destruidas, y todo esto afecta a nuestras comunidades indígenas, que si se esfuerzan por mantener el hábitat intacto. Ellos son los verdaderos guardianes de estas tierras, por eso gracias a ellos hemos podido ir desplazando a estos individuos hacia su territorio.

Bueno nosotros debemos continuar buscando a estas personas, se les agradece. Que sigan los senderos marcados para que puedan regresar sin ningún inconveniente, hasta luego. Sabrina se despide con un chao y las gracias.

Los chicos continuaron su camino, y en el viaje iban comentando el hecho de que existan personas que se dedican a acabar con el planeta. Diego, por su parte, advirtió, la verdad muchachos pienso que hay actividades brutales que deberían prohibirse y perseguirse, y es obligación de los gobiernos instruir a toda su población sobre los peligros de la destrucción de los ecosistemas. Es cierto, dice Rayen, a lo que Sabrina replica, por supuesto que estoy de acuerdo, pero creo que eso es cultural, asimismo debería invertirse en educación a todos los niveles para que la gente maneje mejor la información, y por otro lado los gobernantes apliquen mano dura a las personas que comenten delitos. En mi país las leyes son implacables y existe mucho respeto por las mismas, la gente debe cumplirlas porque si no son multadas o encarceladas.

He allí la diferencia, dice Diego, en los países tercermundistas todavía hay actividades de ese tipo que se practican sin castigo, porque el mismo gobierno se hace de la vista gorda y de alguna manera son partícipes del hecho y no les conviene detenerlo. Siempre hay quien o quienes se beneficien de estos actos fuera de la Ley, y a la larga no les importa otra cosa que no sea su propio beneficio.

En fin, realmente existe una brecha entre países desarrollados y los que no lo son, todo tiene que ver siempre con el nivel cultural de las personas. Está comprobado que los gobiernos que invierten recursos en la educación de la gente de su nación, a la larga lo convierten en un país próspero y consciente, lo que se traduce en productividad y calidad de vida, muy por el contrario de los países sub-desarrollados, donde los gobiernos solo usan el poder para sembrar la ignorancia y pobreza en el pueblo. De esa manera los tienen controlados, y solo un grupo de personas con privilegios tienen acceso a poder mejorar su calidad de vida. Es una triste realidad, reflexiona Diego.

Sigamos el camino de retorno, que ya estamos cerca de un paraje donde podemos descansar y acampar, hay un ojo de agua y una pequeña cascada, donde podremos refrescarnos. Hoy ha sido un día diferente, afirma Rayen, esta gente me hizo reflexionar aún más sobre lo que debemos hacer para colaborar en la limpieza de nuestro planeta, realmente nunca lo había visto como un tema tan importante como hasta ahora. Sabrina muy segura destaca, realmente es cuestión de aprender a ver el planeta como tu casa, debes mantenerla limpia y arreglada, pues es tu morada y no hay nada mejor en el mundo que sentirse en su propio hogar.

Descansemos, comamos algo y a la cama, ya estamos cerca de donde nos vienen a recoger mañana.

"Solo existen dos días en el año en que no se puede hacer nada. Uno se llama ayer, y otro mañana. Por lo tanto, hoy es el día ideal para amar, crecer, hacer y principalmente vivir."

Dalai Lama

CAPÍTULO 12
UN SENDERO DE SABIDURÍA

Al despertar Diego le da los buenos días a Rayen y a Sabrina, y ella le contesta "goodmorning". Estuve leyendo el mapa anoche y encontré un camino que nos lleva más rápido a la entrada donde nos van a buscar, creo que sería bueno para ver otras cosas diferentes y así a lo que tengamos cobertura, podamos llamar al Señor Esteban y programar la hora del regreso.

Si me parece genial, dice Diego, y comenzaron a caminar y entraron en una zona donde había una densa niebla que hacía que el ambiente luciera un tanto misterioso. ¿Es por aquí? indica Rayen; si claro, tengo el mapa y me indica que vamos bien, pero en ese momento entraron a un matorral, donde se veía la entrada de una pequeña caverna, donde se escuchaban unos sonidos extraños, como si alguien cantara, pero eran unas notas muy graves, por lo que les era difícil saber que era. Rayen intervino, déjenme asomarme no vaya a ser un animal salvaje. En eso hace señas y nos damos cuenta que dentro había tres personas de rasgos asiáticos, con el cabello rapado y vestían túnicas de color amarillo mostaza con una parte en color rojo vino. Sabrina revela, parecen monjes; parecen no, son monjes tibetanos, aclara Diego.

Y ese cántico que realizan son mantras, ¿man que? dice Rayen. Diego contesta mantras, ese mantra que ellos pronuncian es el OHM, es el más poderoso y lo cantan para atraer energía positiva al lugar y al mismo tiempo lograr que sus mentes se aclaren, y puedan concentrarse en la meditación. Suena espectacular, dice Sabrina, y retumba con armonía. Esa es la idea, responde Diego.

En ese momento ya cuando iban a continuar su camino, uno de los monjes sale de la cueva y les saluda con un hola, en un español con un acento asiático, disculpen estamos haciendo nuestras oraciones matutinas. Diego reacciona y expresa: ¿con ese Mantra?, así es, estamos haciendo un trabajo de concentración que requiere que estemos todos enfocados. No se preocupen ya nos marchamos, afirma Sabrina. No por favor, disculpen, acabamos de terminar, dice el amable monje. ¿Quisieran tomar una taza de té con nosotros?, los chicos se miraron y como que les parecía familiar, ya que antes les había pasado algo similar, le contestaron por su puesto, y tomaron asiento fuera de la cueva donde había unas piedras que parecían puestas allí para sentarse.

¿Qué hacen por aquí? pregunta uno de los monjes. Bueno vinimos a conocer el Salto Ángel, responde Rayen; ¡haaaa!, es un bello y bendecido lugar, donde se respira un aire de armonía con la naturaleza. Así es, señala Sabrina. Y ustedes que hacen tan lejos, porque son del Tíbet. ¿Cierto?, así es, venimos del Tíbet para hacer un trabajo muy importante para la madre tierra; fuimos convocados por nuestro guía y nos informó que debíamos venir hasta esta región para realizar unos

Mantras de purificación y al mismo tiempo conectarnos con este hermoso lugar, para llevar a nuestro pueblo las bendiciones aquí obtenidas.

Que interesante, parece que este sitio de verdad es mágico, insiste Sabrina, pues con las personas que nos hemos encontrado, todas fueron enviadas a realizar un trabajo de purificación. Uno de los monjes señala, aquí existe una energía de origen cósmico que conecta a todos los seres vivos que estamos en este lugar en estos momentos, al mismo tiempo es como una gran antena que amplifica al universo los pensamientos y deseos de la gente que está trabajando por el planeta, y también es receptora, ya que todos recibimos estas energías que se convierten en bendiciones, llenan nuestra mente, nuestro corazón y nuestra conciencia. Así podemos trasmitirlo entre las personas del planeta tierra y puedan generarse grandes cambios a muchos niveles, dice otro de los monjes.

Definitivamente para nosotros ha sido una experiencia extraordinaria, conocer tanta gente que trabaja para tener un mejor mundo, y eso no lo sabe nadie, dice Rayen. Así es amigo, reitera el monje, con voz pausada y serena. En nuestro caso no necesitamos que las personas lo sepan, desde nuestro interior hacemos que las cosas funcionen, y es nuestro humilde aporte a la madre tierra y al universo entero.

El Buda decía: "Si tu mente está en paz y con alegría, podrás trasmitir al mundo esos sentimientos, pero hubiera más gente feliz si buscaran primero la felicidad dentro de ellos". Disculpa, dice Sabrina, no entiendo bien lo que dice. Ok le explico mejor, repite el monje, es desde adentro donde se logran los cambios. Por lo general las personas buscan su felicidad fuera de ellas, con un buen trabajo, un lindo automóvil, una casa grande y cómoda o un estatus social, y muchos alcanzan todo y más, y aún tienen problemas y siguen estando insatisfechos, pues nunca llegan a experimentar la felicidad pura en esencia.

Por eso, el budismo trata de enseñar una filosofía de vida donde tú eres lo que piensas, por lo que las respuestas a tus problemas están dentro de ti, si eres capaz de serenar tu mente y expresar de manera práctica tus emociones, serás capaz de sentir la armonía absoluta del Buda. Ha ok, ahora si comprendo, responde Sabrina, pero quisiera lograr ese estado. Bueno, amiga debes practicar la meditación como vehículo y conectarte con tu ser para conocer tu Dharma. Dharma, ¿qué es eso?, pregunta Rayen, es buscar tu propósito en la vida, es tu guía para encontrar tu felicidad, partiendo de cultivar la armonía de tu ser y a su vez llevar paz y armonía a otros seres que te rodean. Dharma, en sí, amplía el monje, es una antigua palabra sánscrita que significa "propósito de la vida" y la practican los maestros espirituales de la India.

Yo me identifico mucho con la filosofía Budista, comenta Diego, pienso que ha sido una parte importante de mi vida, pues cuando empecé a leer sobre Buda y sus enseñanzas me identifiqué mucho con sus pensamientos filosóficos, y puedo decirles que mantengo casi siempre una paz y una armonía con mi ser y trato de meditar a diario, eso realmente me conecta con lo que soy, con mi esencia. ¡Haa! que bueno saberlo, sabes que nuestro guía el Dalai Lama nos recuerda que, en cualquier lugar, en cualquier momento pueden surgir personas que comprendan muchas de las enseñanzas del Buda, eso es una señal de que el mundo tiende a cambiar y la compasión algún día será el sentimiento que mueva al mundo.

En pocas palabras, indica Rayen, es conocerse mejor desde adentro y traer los cambios que necesitamos para mejorar nuestras vidas. Efectivamente amigo, encontrar tu paz interior te lleva a abandonar las falsas ilusiones que te rodean, y cuando alcanzas esa liberación entras en un estado de Nirvana, nuestra mente se libera.

¡Wauuuu! es bastante profundo el tema, opina Sabrina. Creo que no lo es tanto, señala uno de los monjes, las personas deciden vivir su vida enfocados en sus problemas y se hacen dependientes de ellos, se mantienen en un círculo vicioso que los hace esclavos de su estilo de vida, y eso me recuerda otra enseñanza de nuestro guía el Dalai Lama:

"Lo que más sorprende del hombre occidental es que pierde la salud para ganar dinero, después pierde el dinero para recuperar la salud. Y por pensar

ansiosamente en el futuro no disfrutan el presente, por lo que no viven ni en el presente ni el futuro, y viven como si no tuvieran que morir nunca, y mueren como si nunca hubieran vivido".

Sabias palabras, enfatiza Diego, pienso que el ser humano debe tener su propio despertar, cada vez que se aferra a lo material se aleja de su propósito en esta vida, y cuando comulga con su ser se acerca más a Dios, ese que mora en él, pero se empeña en encontrarlo fuera. Por eso lo llaman desesperadamente, es lo importante de nuestro trabajo, agrega uno de los monjes, nosotros no le decimos a la gente cómo vivir y en qué creer, solo le recordamos que dentro de cada ser mora la sabiduría necesaria para resolver nuestros problemas y carencias, solo que deben consultar más con ustedes mismos, en la medida que mejoras la comunicación con tu ser interior y acabas con esas falsas ilusiones, te conectas con lo divino y puedes llegar a alcanzar la iluminación como Buda.

Bueno hermanos monjes es hora de retirarnos, pues debemos continuar nuestro camino, ya que pronto vienen a buscarnos. Ha sido un gran aprendizaje en este momento que hemos participado con ustedes; agradezco en nombre de mis compañeros y el mío propio su atención y todo este conocimiento que hemos compartido. Al contrario, chicos, queremos agradecerles a ustedes el haber tomado esa taza de té con estos humildes monjes, que solo deseaban compartir algo de nuestras enseñanzas con ustedes. Espero encuentren su paz interior, y puedan iluminar el camino de otros para para que de esta manera logremos un cambio en el planeta hacia la armonía y el amor universal.

Que así sea, muchas gracias, dice Rayen. Gracias a ustedes y feliz regreso, expresó uno de los monjes. Namasté, Namasté, contestaron todos en coro.

Continuaron caminando, y Sabrina aprovecha la ocasión para preguntarle a Diego, disculpa ya hemos dicho esa palabra "Namasté" en varias ocasiones, la verdad lo he repetido, pero aun no conozco su significado; igualmente Rayen comenta lo mismo, amiga yo también lo he repetido como un lorito, ¡jajajaja! y tampoco sé lo que es. Amigos esa frase proviene de la India y se utiliza en señal de respeto para saludar o despedirse. Ahora si entiendo, dice Sabrina, pero ¿Cuál es su significado?, Diego les dice "Namasté" significa el espíritu que mora en mí, saluda o se despide del espíritu que mora en ti, y el sentimiento con el que se dice es puro amor y respeto a todo tu ser. Gracias Diego, ahora si nos quedó claro.

"Vive como si fueras a morir mañana. Aprende como si fueras a vivir siempre."

able*Mahatma Gandhi*

CAPÍTULO 13
AL FINAL DEL CAMINO

Bueno chicos, ahora si debemos apurar el paso. Esteban quedó en pasarnos a buscar donde nos dejó y aún estamos a una hora de allí, así que avancemos y cuando estemos muy cerca lo llamamos, comenta Diego.

Este viaje ha sido una gran aventura, exclama Rayen, hemos tenido la dicha de conocer tanta gente increíble que pienso que nada de esto fue casual. Diego le aclara, recuerda que la casualidad no existe, por eso todo es causal. Dependiendo de cómo interpretemos todo lo que hemos conversado y vivido con todas estas personas, así serán nuestras acciones futuras, y recordemos que serán nuestros pensamientos los que nos permitan abrir nuevos caminos. Esto nos demuestra que existe una correlación entre todos los seres que habitamos el planeta. Esa red de energía que fluye por diferentes canales hace que nos mantengamos sincronizados y conectados para generar los cambios necesarios para la tierra. Cultivemos esas enseñanzas aprendidas.

Sabrina dice, la verdad que lo más bonito e impresionante de este viaje para mí fue cómo logré salir de mi esquema americano de pensamiento un poco rígido para abrir mi mente y permitir que nuevos conocimientos y experiencias me emocionaran como lo hicieron. Por supuesto, amiga Sabrina, nunca sabemos en qué lugar puede haber información que influya en tu camino y modifique, ¿por qué no?, hasta algunos viejos hábitos. Justamente, de eso se trata, de estar consciente de la vida, vivirla con entusiasmo y sabiendo que todos los días pueden suceder cosas para bien o para mal, que aportarán a tu mundo oportunidades, las cuales puedes aprovechar o ignorar, pero al final serán enseñanzas en nuestro andar.

Por mi parte, este camino recorrido ha sido una bendición, desde reencontrarme con mi viejo amigo Rayen, al cual tenía mucho tiempo sin ver, hasta nuestro encuentro con esta maravillosa persona, Sabrina, a la cual considero ahora mi amiga; algo me decía que el viaje iba a ser inolvidable y grandioso. Ambos, Rayen y Sabrina, le dieron las gracias a Diego por invitarlos a este viaje fabuloso, donde obtuvieron nuevos conocimientos y enseñanzas de hechos desconocidos por ellos, tanto espirituales como de la naturaleza, y del universo mismo.

Bueno llamemos a Esteban, a ver si ya está cerca, para que nos diga que tanto debemos caminar para llegar a la entrada o si pasará en su camioneta hasta un lugar más cercano.

Hola, Esteban, saludos es Diego. Si amigo estoy esperándoles aquí desde hace ratico, contesta Esteban. ¡Ah!, disculpe usted, ya llegamos hasta allá, replica Diego.

Después de apresurar el paso, lograron ver la camioneta y al señor Esteban fuera de ella, esperándoles. ¡Hooolaaaa! amigos, saludos, que gusto verles después de una semana de paseo. Hola Esteban, es un gusto también para nosotros saludarte y te ofrecemos disculpas por la espera. Esteban le responde, no no no, de ninguna manera, yo me vine un poco antes y además necesitaba estirar las piernas.

Ok todos a bordo, dice Esteban, de inmediato subieron Sabrina, Rayen y Diego al vehículo, después de colocar sus morrales en el maletero de la Vans.

Bueno y entonces les gusto el paseo, ¡Claro!, expresa Rayen, Esteban esto fue maravilloso, no tengo palabras para describir tanta belleza; esos parajes, árboles, animales, ríos, cataratas, todo conviviendo en armonía. Claro, amigo Rayen, todos los que nos visitan dicen que sus vidas cambian, después de estar en la Gran Sabana.

No es para menos, afirma Sabrina, si todos los norteamericanos pudieran viajar y conocer esta belleza, esto estaría full de gringos, como dicen ustedes, ¡jajajajajaja! Bueno, Sabrina, si supieras que los que más nos visitan son los norteamericanos y después los europeos; ellos dicen que esta experiencia no se ve en sus países, o sea, la combinación de bosque, sabana y selva, vienen a ser ecosistemas parecidos pero diferentes a su vez y todos se entre mezclan. Es algo sin igual.

Esteban, la experiencia fue maravillosa, reconoce Diego, porque además conocimos una cantidad de personas de diferentes razas, idiomas y religiones, y con todas tuvimos la dicha de compartir y aprender algo de sus costumbres y la filosofía de su vida. Eso convirtió este viaje en una de las vacaciones más bonitas e interesantes que jamás había vivido.

Bueno, muchachos, dice Esteban con satisfacción, me alegro que mi tierra bendita les haya gustado y les haya enseñado algo; todos mis clientes luego son mis amigos, porque siempre terminan regresando y siempre me comentan que es una dicha vivir en un lugar tan especial, donde la vibra de la madre tierra nos abraza, y mantiene un equilibrio entre los seres que la habitan y nosotros los que vivimos en esta zona.

Espero poder regresar pronto, manifiesta Diego, porque me gustaría realizar un tour para sobrevolar los tepuyes, y ver desde el aire tal majestuosidad. ¡Bueeenoo! amigo, yo también me anoto, dice Rayen, y Sabrina reafirma, me avisan, a mí me gustaría, igualmente, poder hacer ese recorrido desde el aire.

Bueno ya llegamos, ¿van directo a la terminal, Diego? Pregunta Esteban. Sí, pero si quieres dejar primero a Sabrina en el hotel, ya que ella regresa mañana, contesta Diego. Está bien, dice Esteban.

Dirigiéndose hacia el hotel, Sabrina le recuerda a Diego, bueno ya tienen mi número telefónico para que podamos chatearnos y mantenernos en contacto; además, tengo muchas fotografías y videos que deseo enviarles. Por su puesto, amiga, esperamos ese material de tu parte; en ese momento llegaron al hotel y bajaron la mochila de Sabrina.

Bueno, compañera, las despedidas son tristes pero lo importante fue lo vivido, resalta con cariño Diego, sabes que mis amistades son para siempre, además hoy las redes sociales acortan el tiempo y la distancia, sólo quiero decirte que fue una bendición conocerte, pues con tu entusiasmo y alegría el viaje se hizo especial. Te deseo lo mejor del mundo y ya sabes, aquí tienes un amigo, cuídate y feliz regreso.

Por su parte, Rayen, muy emocionado, le expresa: "Sabri ha sido maravilloso conocerte, y espero disculpes lo malo". ¡Jajajajajaja!, no para nada Rayen no hay nada que disculpar, la verdad todo fue maravilloso. Amiga, le responde Rayen, Diego y yo estaremos programando un viaje a Estados Unidos, así que luego te avisamos, ¡jajajaja!. ¡Queeee!, exclamó Diego, eso no lo sabía. Bueno es una idea que se me ocurrió, sé que podemos realizar ese viaje para visitarte, dice Rayen. Con todo gusto, contestó Sabrina, los esperaré para hacer un recorrido y puedan de esta manera aprender algo de la cultura gringa, ¡jajajaja!, rieron todos. Feliz viaje, chicos, Namasté; hasta siempre amiga, Namasté, añadió Rayen.

Diego y Rayen siguieron su camino hasta la terminal, donde compraron los boletos para regresar, se despidieron de Esteban y le dieron las gracias por tantas atenciones. Bueno, mis amigos, ya tienen mi contacto, para cualquier información estamos a sus órdenes y espero que hayan disfrutado el viaje. Sí, claro que sí, fue un gran viaje, comentó Diego.

Los amigos se montaron en el autobús y siguieron su camino. Diego le dice a Rayen, sabes compañero que la idea de viajar a Estados Unidos me parece excelente, si enfocamos nuestros sueños y pensamientos, en hacerlo realidad, seguro estoy que si lo haremos. Además, advierte Rayen, debemos reunir el dinerito con el cual viajaremos a esa nación, ¡jajajaja!, rieron.

Ok amigo, ahora a descansar, el futuro nos depara nuevos caminos y muchas aventuras que conocer, afirma Diego. Desde luego, aprueba Rayen, decretado está…

EPÍLOGO

Cuando el ser humano decide emprender nuevos rumbos, abrir su mente, ampliar sus conocimientos es cuando se crece de verdad. Salir de la caja que mantiene su rutina, sus hábitos y hasta su desarrollo personal es lo más difícil; sin embargo, una vez que lo hace, entiende que el mundo está hecho para vivirlo, sentirlo y disfrutarlo.

Tres personas se unieron en una travesía a uno de los lugares más sorprendentes del planeta tierra, llamado La Gran Sabana. En ella tuvieron vivencias extraordinarias que les permitieron ampliar sus conocimientos y abrir sus mentes a nuevas posibilidades.

Un viaje a través de senderos que conducían cada uno a experiencias diferentes, con personajes que trasmitieron sabiduría, expresada de forma original, según su formación y costumbres, lo que hace que nuestros tres protagonistas se cuestionen acerca de sus vidas, sus creencias y aprendan sobre el respeto hacia las diferentes formas de pensar de cada individuo y comunidades.

En esto radica los problemas de nuestro mundo, las personas tratan de arrastrar a otros a su forma de pensar, como si fueran dueños de la verdad. Abrir tu mente significa escuchar a otros, permitir que se expresen y estemos de acuerdo o no, sólo escuchamos y luego opinamos, pero no podemos obligar a nadie a pensar como nosotros, porque a la fuerza solo tendremos choques y muchos problemas.

Nuestros amigos participaron en tertulias e incluso en rituales, a través de cada recorrido realizado, con esto ampliaron su visión de la vida y por momentos comprendieron lo que otras personas de otras culturas piensan del mundo que les rodea, simplemente es una gran experiencia la vivida.

El mundo es hermoso, la vida es una travesía llena de experiencias positivas y obstáculos; entender a la gente y observar como cada quien lidia con sus problemas es el mayor aprendizaje, por eso cada vez más la gente debe despertar, dejar a un lado la vanidad, el egoísmo, el materialismo, el querer controlar y avocarse a expresar mayor compasión por todos los seres vivos que nos rodean. Todos vinimos a cumplir un propósito, y la conexión que existe entre nuestros pensamientos, nuestros sueños, y nuestra conciencia es la clave importante para acercarse a la vida de plenitud en grata armonía.

ILUMINACIÓN

Un amigo es un gran apoyo en el mejor momento.

GRACIAS

Uniformes de Venezuela, LLC

LA SEGURIDAD ES MÁS QUE UNA INVERSIÓN. ES LA VIDA